I0655470

UNE PETITE FILLE

DE

ROBINSON

PAR

ALFRED DES ESSARTS

PARIS

MAGNIN, BLANCHARD ET Cⁱᵉ, ÉDITEURS

LIBRAIRIE LOUIS JANET

5, RUE HONORÉ-CHEVALIER, 5

UNE PETITE-FILLE

DE ROBINSON

26724.

PARIS. — IMP. SIMON RAÇON ET COMP., RUE D'ERFURTH, 1.

UNE PETITE-FILLE

DE

ROBINSON

PAR

ALFRED DES ESSARTS

PARIS

LIBRAIRIE LOUIS JANET

MAGNIN, BLANCHARD ET Cⁱᵉ, ÉDITEURS

5, RUE HONORÉ-CHEVALIER

1861

Tous droits réservés.

UNE PETITE-FILLE

DE ROBINSON

PREMIÈRE PARTIE

I

Une matinée triste et pluvieuse enveloppait
de ses épais brouillards le petit village irlandais de Bray, dans le comté de Wicklow. Le
vent de la mer apportait une humidité péné-
trante, et il n'était pas permis d'espérer que le
soleil déchirât le voile de vapeurs qui couvrait
la terre.

C'était un de ces jours pâles et pleins de nos-

talgie où les pauvres habitants de l'antique
Érin se laissent aller au découragement, trop
malheureusement d'accord avec leur nature
paresseuse et contemplative, et, s'asseyant sur
une pierre au bord du chemin, s'abandonnent
à la pénible vision de leur sort. La liberté leur
manque; ils savent qu'autrefois les envahis-
seurs étrangers ont confisqué et se sont partagé
leur pays; les traditions leur ont appris que le
plus pur du sang irlandais coula sous le fer des
soldats de Cromwell; ils pleurent par instinct
leur nationalité perdue. Et si encore la foi à
laquelle ils sont demeurés invinciblement atta-
chés n'était pas sans cesse mise en péril!
mais les conquérants ont multiplié les efforts
pour éteindre cette vieille foi catholique, et
ils ont pris pour auxiliaire la misère des Irlandais.

Ils sont pauvres, c'est vrai : dans quelques-
uns des comtés le sol stérile rebute les efforts;
dans les autres, on peut travailler utilement,
mais on s'épuise pour le profit de maîtres ab-
sents qui vont dépenser hors du pays leurs im-
menses revenus.

L'*absentéisme* tue l'Irlande, et l'Irlande n'est que trop disposée à se laisser tuer.

Ce n'est pas que le courage et l'activité manquent complétement à ses enfants. Si les maîtres ne sont pas trop durs, si la récolte des pommes de terre n'a pas été mauvaise, alors l'activité revient : vous entendriez les ballades du temps passé résonner dans les chaumières; vous verriez le pêcheur disposer sa barque, l'ouvrier se rendre à la fabrique, le cultivateur se courber sur la charrue.

Mais combien, ce matin-là, le ciel était sombre et chargé de mélancolie! Quel brouillard! Quel vent sinistre!

Cela n'empêchait point la vieille Kate [1] de tenir sa quenouille et de presser du pied la pédale de son rouet. Kate, toujours levée avant le soleil et toujours à la même place, près de l'unique croisée du rez-de-chaussée, dans une bien humble chaumière, avait gardé de sa jeunesse la passion du travail. Peu à peu ses forces avaient décru; peu à peu il lui avait fallu re-

---

[1] Catherine.

noncer à nettoyer les vastes chaudrons, à préparer le souper de la famille, à tailler et ajuster les habillements, à faire en un mot les mille choses qu'elle faisait si lestement et si proprement autrefois : son dos s'était voûté, son pas était devenu chancelant; mais elle n'avait point pour cela cessé de se rendre utile. Personne ne tirait du chanvre un fil plus uni et plus solide. La famille avait des draps... Tous les Irlandais n'en ont pas. C'était à la quenouille de la vieille Catherine qu'on devait ce luxe.

Une autre raison sollicitait Kate à ne pas se départir de son activité. Elle avait besoin d'occuper son esprit par son bras pour ne point trop songer à une peine cruelle, à la perte irremédiable de sa pauvre Mary, que la fièvre et sans doute aussi la misère avaient consumée.

Chère fille, chère victime, tu dors là-bas sous l'herbe, tu dors paisiblement; tu as oublié les peines, les agitations ; tu te reposes du labeur que tu avais si bien commencé. Chère fille, tu as quitté ceux qui t'aimaient tant, ceux qui t'entouraient et qui n'ont pu te retenir dans un monde de souffrance où ta place ne semblait

pas marquée. Et maintenant, c'est ta mère, ta
vieille mère qui te survit, comme une tour cre-
vassée qui reste debout sur les ruines d'un ma-
noir ; et il y a six enfants qui te doivent le jour
et dont les derniers t'ont connue à peine !

C'est pourquoi Kate filait du matin au soir,
absorbée dans le passé et parlant le moins possible, afin de ne causer qu'intérieurement avec
sa morte bien-aimée. Kate ne se considérait plus
ici-bas que comme une exilée.

Elle dut cependant répondre au salut amical
de Tom Dingle, le passeur, qui leva sans façon
le loquet et entra en portant la main au rebord
de son chapeau bossué.

Tom Dingle était un homme sec, osseux,
d'une taille élevée ; son teint basané se ressen-
tait du hâle causé par la vie au grand air ; ses
mains, à force de manier la rame, étaient devenues jaunes et calleuses. Le batelier avait une
sorte de souquenille en toile bleue avec un pan-
talon de même étoffe ; il marchait nu-pieds et
ne paraissait pas s'en apercevoir. La sobriété
avait maintenu sa vigueur. Hors sa pipe noircie,
il ne se connaissait pas de besoins. C'était le plus

ancien, le meilleur ami de la famille Naul.

Avant d'avoir prononcé une parole, il alla s'asseoir sur un méchant escabeau et battit le briquet pour allumer sa chère pipe, son unique compagne, — car il était resté célibataire.

— Mauvais temps, dit Tom Dingle.

— Mauvais, répéta la vieille femme.

— Si cela dure, reprit-il, la récolte risque bien de pourrir en terre.

Kate leva silencieusement les yeux au ciel. C'était sa manière lorsqu'elle voulait se dispenser de continuer une conversation. Mais Tom Dingle n'avait pas besoin, pour parler, d'y être encouragé. Il savait faire la demande et la réponse. D'ailleurs, il n'était pas venu pour le seul plaisir de voisiner : il apportait une nouvelle.

— Ah! ah! dit-il en lançant aux solives du plafond une blanche spirale de fumée, les temps sont rudes, mais j'en ai vu de plus rudes encore...

— Et moi donc! murmura Kate.

— Les *habits rouges* étaient plus impitoyables autrefois qu'aujourd'hui. On a perdu l'habitude de leur résister. Les jeunes gens d'à présent ont oublié l'histoire des aïeux. Toutes les traces de sang sont lavées. Je n'avais que quatorze ans lorsque notre pays espéra se délivrer avec l'aide des Français. Mais l'expédition manqua, et notre brave lord Édouard Fitz-Gerald, traqué comme un loup, fut assailli dans sa chambre par une troupe de soldats et assassiné. Je m'en souviens!... Maintenant on ne nous accable plus de vexations; mais nous avons perdu notre parlement national; nous respirons.... quand nous ne mourons pas de faim.

— Je le sais, je le sais, grommela la fileuse; que voulez-vous dire?

— Par saint Patrick! vous m'avez interrompu, dame Kate, et quand le fil de mon discours est coupé... Ah! j'y suis. Je crains que l'année ne soit mauvaise.

— Qui vous fait augurer cela? demanda la vieille, d'une voix émue, en suspendant sa tâche.

La vieille répéta :

— Qui vous fait augurer que l'année sera

mauvaise? Savez-vous bien que pour l'Irlande
la famine est le pire des fléaux?

Le batelier hocha la tête.

— Rien de précis; mais c'est par instinct que
je juge. Souvent, lorsque les récoltes ont manqué, les vents soufflaient de cette manière;
puis il régnait de vilains brouillards qui ne
voulaient pas s'en aller... Enfin, j'ai peur de la
calamité.

— Écoutez, Tom; il ne faut pas dire de ces
choses-là à mon gendre. Soyez prudent, Tom.
Ce pauvre Robin, qui est si chargé d'enfants
et toujours prêt à jeter le manche après la
cognée, ne manquerait pas de se désespérer.
Peut-être s'abrutirait-il par le *gin* comme tant
d'autres de nos compatriotes, et alors tout serait perdu!

Ces paroles, prononcées gravement, donnèrent à réfléchir au batelier. Après un moment
de silence :

— Vous avez raison, dame Kate; la prudence
est utile, d'autant plus que je ne suis pas sorcier, après tout... bien qu'une fois, il y a longtemps, j'aie vu comme je vous vois des fées sur

le sommet du *Mangerton*[1], et qu'elles m'aient appelé pour me communiquer la science de l'avenir, et que, sur mon refus de m'approcher, elle se soient envolées vers le *Nid des Aigles*...

Quand le vieux batelier se mettait sur le chapitre des fées, il n'en sortait pas facilement. Sa solitude continuelle avait créé en lui cette superstition qui naît d'un commerce continuel avec une nature sauvage. Toujours il avait été hanté par des visions et avait prêté un corps aux fantômes de son imagination.

Kate, prévoyant de longues divagations, avait repris son travail, et elle dit avec bonhomie :

— Enfin, avez-vous à m'apprendre quelque chose?

— Sans doute, voisine, sans doute, et du bon encore.

— Qu'y a-t-il? Bien que je sois devenue indifférente à tout depuis que ma pauvre Mary a fermé ses yeux, s'il s'agit du bien-être de mes petits-enfants, je vous écouterai avec plaisir.

Au moment où Tom Dingle ouvrait la bouche

---

[1] Montagne escarpée de la province de Munster.

pour répondre, un vacarme terrible vint à retentir dans l'espèce de grenier qui servait de
dortoir à la jeune famille de Robert Naul. On
se disputait, on criait, on pleurait, et peut-être
des coups étaient-ils échangés. Le vieux batelier fit mine de monter pour aller mettre le
holà. Kate l'arrêta d'un geste.

— Laissez! laissez! dit-elle. Ce n'est pas la
peine.

— Comment! ce n'est pas la peine? mais il
se chamaillent comme des coqs qui se battent
sur un fumier!

— Laissez! Jane est avec eux... et devant
Jane les querelles ne durent pas.

En effet, le bruit cessa presque aussitôt; en
prêtant bien l'oreille, on eût entendu la voix la
plus douce du monde qui disait d'un ton de reproche amical : « Oh! les méchants petits gar-
nements!... Si notre père était là, comme il
vous gronderait! » Et l'on eût entendu aussi
des voix enfantines qui s'écriaient, sans doute
avec accompagnement de caresses et de baisers :
« Oh! ne le lui dis pas, Jane!... Toi, tu ne gron-
des pas, et nous t'obéissons! »

Tom Dingle secoua cordialement la tête, et il y eut un sourire sur ses joues basanées.

— Voilà, dit-il, la jeune ménagère qui soigne la petite famille. J'aurais parié qu'elle était avec les marmots.

— Et vous n'auriez pas eu tort, maître Dingle ; vous n'auriez pas eu tort. Elle est bien souvent avec eux, le plus souvent possible, et elle a fort à faire. Ah ! c'est un lourd héritage que lui a légué sa pauvre mère...

Ici la vieille fut obligée de tirer de sa poche son mouchoir à carreaux et de s'essuyer les yeux. Mais elle reprit, ayant surmonté son émotion :

— La Providence ne nous retire jamais tout. Si elle nous frappe, elle nous relève ensuite d'elle-même. Voyez, ne croirait-on pas que Mary est restée vivante, lorsqu'on aperçoit Jane avec sa figure modeste, sa jolie taille, ses cheveux noirs, son air honnête? Il y a des moments où je suis obligée d'y regarder à deux fois, car je me demande si ce n'est pas ma propre fille qui est revenue sur terre, avec la permission du bon Dieu, pour soigner ses orphelins. Pauvres orphelins!... Ah ! Jésus, Jé-

sus!... Il m'est arrivé plus d'une fois, le croi-
riez-vous? voisin, d'appeler Mary!... comme si
celle qui dort allait me répondre, celle qui dort,
hélas! pour toujours. C'était Jane qui me répondait... ma Jane! ma consolation! et je pleu-
rais, et Jane venait mettre son frais visage
contre mes joues ridées en me disant : « Ne
pleurez pas, grand'mère, votre Mary existe encore; Jane, c'est Mary; et, au lieu d'une seule
âme, il y en a deux qui vous aiment; et, de
ces deux âmes, il en est une qui là-haut prie
pour nous tous! » Des paroles comme celles-là,
voisin, ça toucherait une pierre.

— A plus forte raison une grand'mère, dit
en riant le batelier. Mais j'arrive au sujet qui
m'amenait...

Pour la seconde fois le digne homme fut
brusquement interrompu au début de son récit.
Ce n'était rien moins que le bataillon des enfants qui descendaient l'espèce d'escalier en
échelle conduisant à leur grenier. Leurs sabots
épais retentissaient sur les marches roides.

En tête parut Billy [1], garçon de douze ans,

---

[1] Williams.

fier de sa qualité d'aîné; après lui, Dan[1], qui
avait deux ans de moins et portait une vraie
crinière de cheveux roux; puis trois fillettes :
Madge[2], Mercy et Nanny[3]. La marche était
fermée par Jane qui faisait défiler en bon ordre ce petit monde.

Oh! comme il avait eu raison, le brave Tom
Dingle, quand il avait vanté la modestie toute
charmante de Jane! et comme il eût pu en dire
davantage sans rien exagérer! Dieu, dans ses
desseins mystérieux, jette parfois en quelque
pauvre chaumière un de ces êtres privilégiés
qui n'ont pas besoin de demander à une éducation raffinée la perfection des manières. Ainsi
l'on peut naître grande dame sous des haillons;
et Jane, par exemple, offrait ceci de particulier,
que, devant elle, on était pénétré d'un sentiment de respect. L'idée ne fût venue à personne de la choquer par ces plaisanteries ha-
sardées qu'on se permet trop souvent au village. Jeune comme elle l'était, sa sollicitude de

[1] Daniel.
[2] Marguerite.
[3] Annette.

seconde mère pour ses frères et ses sœurs avait
excité l'admiration des gens même les plus
grossiers et les plus indifférents. Si l'on était
touché lorsqu'on voyait Jane conduire à la promenade, pour leur donner un exercice salu-
taire, *ses chers enfants*, ainsi qu'elle les appelait, qu'eût-ce été si l'on avait été témoin des
soins multipliés qu'elle donnait à leur propreté,
à leur habillement, à leur tenue! C'étaient des
détails continuels, et il est facile de comprendre
toute l'étendue de ce labeur domestique en songeant qu'à tout instant la sœur aînée devait nécessairement veiller sur cette nombreuse cou-
vée. Et encore si les turbulents avaient diminué
sa peine par une sagesse exemplaire! Mais non !
tout cela était vif, remuant et indocile à l'excès ;
de méchanceté, point ; mais une pétulance qui
s'explique aisément et qui occasionnait sans
cesse des luttes pour une épingle ou un brin de
paille. On cédait bien à l'autorité de Jane ; mais
en réalité l'on n'avait peur que du père, et Robin n'était guère chez lui. Robin appartenait à
l'atelier. Ce n'était pas trop que toute sa journée
pour conquérir un modique salaire. Il rentrait

fatigué, et ne pouvait guère connaître que par ouï-dire les mérites de sa fille aînée.

Il avait donc fallu à Jane une patience angélique pour discipliner cette tribu ; et la preuve qu'elle n'y avait pas complétement réussi, c'est qu'à l'instant même on avait échangé des coups de coude et peut-être des coups de sabots. Mais la paix était parfaitement rétablie, et l'on descendit en bon ordre. Par exemple, à la vue de Tom Dingle, on se débanda : bientôt le vieux batelier eut après lui une grappe d'enfants qui montaient à l'assaut de ses jambes en jetant des cris joyeux. Il les écarta doucement, et leur dit :

— Est-ce donc ainsi que vous souhaitez le bonjour à votre grand'mère ?

Les *babies*, avec la vivacité d'impressions qu'on a si bien à leur âge, comprirent le reproche et coururent vers la vieille Catherine, qui eut peine à préserver son rouet de leur atteinte impétueuse.

Jane, debout au milieu de la chambre délabrée, contemplait ce tableau d'un air pensif. Quoiqu'il ne fût pas tard, elle avait le droit d'être lasse, tant les enfants l'avaient occupée, et il lui restait bien des choses à faire : mais, en ce moment, elle se reposait avec une joie mélancolique dans la vue de la tendresse des orphelins pour leur grand'mère.

Tom Dingle voulut se lever et lui céder son escabeau.

— Laissez, dit-elle, laissez, cher monsieur Dingle; Dieu merci, nous avons d'autres siéges. Tenez, je vais m'asseoir un peu à côté de vous.

Puis, regardant à travers les vitres, que la vétusté avaient rendues singulièrement troubles :

— Le temps est bien mauvais ce matin : je ne pourrai pas mener les enfants dehors. Il pleut beaucoup.

— Qu'est-ce que ça fait?... s'écria Daniel. Je me moque bien de la pluie, moi!

— Et moi aussi! dit à l'unisson Billy, le garçon aux cheveux roux.

— C'est possible, dit gravement Jane ; mais la pluie et la boue gâtent les vêtements ; et vous avez trop bon cœur, je pense, pour vouloir abîmer ce que votre père a tant de peine à vous donner.

Elle ne disait pas, la douce jeune fille, que ce matin-là même, levée en même temps que la vieille Kate, elle s'était escrimée de l'aiguille pour réparer quantité d'accrocs, repriser des fentes et mettre des pièces aux coudes et aux genoux. Jamais elle ne parlait de sa peine.

A quoi bon, du reste? Il y a là-haut un registre où tout cela est compté.

La vénérable grand'mère n'était pas tellement occupée par les enfants, qu'elle n'eût un regard marqué pour sa Jane. Elle se laissait embrasser par eux, mais c'était Jane que caressaient ses yeux, pleins de tendresse et d'émotion.

Les mots : « Ma mignonne, » erraient sur ses lèvres.

A la fin, la vieille, n'y pouvant plus tenir, écarta les bambins, et, ouvrant ses bras, y appela Jane. Sans doute, par la force de l'ancienne habitude, au lieu de prononcer le nom de Jane, elle avait dit : « Mary! » mais la jeune fille comprit et reçut, pour sa mère, le baiser de son aïeule...

— Tenez, dit Kate au voisin, n'avais-je pas

raison? N'est-ce pas *son* visage, *son* sourire? *elle* enfin! Vraiment je crois que Dieu me l'a renvoyée... ou bien il a uni les deux âmes en une seule. Est-ce que c'est impossible, Tom?... Non, il y a une âme heureuse, délivrée, et il y en a une autre qui est à la peine...

Après ce premier moment d'effusion, Kate, revenant à la curiosité assez naturelle que lui avait causée la demi-confidence de Tom Dingle, somma le batelier de s'expliquer enfin.

— Volontiers, dit celui-ci; ce ne sera pas malheureux, car je suis toujours interrompu, et...

Un aboiement joyeux retentit au dehors.

— Trim! s'écrièrent en chœur tous les enfants.

Presque en même temps la porte s'ouvrit sous une pression brusque, et un homme parut : c'était Robert Naul.

— Allons, murmura Tom en serrant sa pipe dans sa poche, il est décidé que je ne pourrai parler d'aujourd'hui.

Les enfants s'étaient élancés vers leur père. Mais Naul, fort peu en train de reconnaître ces

tendres témoignages, distribua deux ou trois
revers de main en disant d'un ton rude :

— Au diable la marmaille! Laissez-moi tranquille! J'ai bien assez d'ennuis comme ça.

La jeune fille échangea avec sa grand'mère
un regard d'intelligence, un regard triste et
profond.

Tom Dingle s'était levé, incertain s'il devait
rester ou s'éloigner. Il n'osait même caresser
Trim, qui, reconnaissant un ami, s'était approché de lui en agitant sa queue.

Robert s'assit près de la table vermoulue, y
posa ses coudes, pressa son front entre ses mains
brunies par le travail. C'était un homme de
taille médiocre, mais carré par la base. Quoiqu'il n'eût guère que quarante ans, son visage
était labouré de rides profondes ; ses yeux en-
foncés dans l'orbite laissaient saillir les os maxil-
laires ; son teint terreux accusait le manque
d'une nourriture substantielle.

Sans attendre son ordre, Jane posa sur la
table le déjeuner du père : c'était une assiette
de pommes de terre, un morceau de pain noir
et un peu de fromage.

Qu'est-ce que les autres pouvaient donc manger, si c'était là le meilleur repas, celui que réservait la piété filiale?

Cependant Robert ne bougeait pas, aussi insensible à ces attentions que s'il eût été pétrifié.

Seule, la vieille osa lui adresser la parole, en vertu de son autorité incontestable.

— Allons, Robin, dit-elle, si vous avez des peines, donnez l'exemple du courage; soyez homme pour que ces jeunes garçons deviennent hommes à leur tour. Voyez, notre Jane a déjà tout apprêté. Déjeunez, Robin; reprenez des forces. Je comprends par votre attitude que Dieu veut encore nous éprouver; mais nous devons accepter humblement les maux qu'il nous envoie. L'Irlandais est accoutumé à souffrir, mon pauvre Robin.

— Ah! c'est trop! c'est trop!... dit Robert avec une espèce de révolte intérieure, mais en comprimant la violence qu'il avait d'abord manifestée. Merci, ma Jane; je n'ai pas faim.

—Mon père, essayez... pour l'amour de moi.

— Chère petite... elle attendrirait l'enfer. C'est égal, Jane, je ne saurais manger, car j'ai

trop de chagrin, mon enfant. N'insiste pas.
Bonjour, voisin. Vous êtes matinal... Mais tant
mieux : dans la peine, la présence d'un ami
fait du bien.

Tom Dingle se sentit soulagé en pressant la
main de Robert. Il crut même le moment favorable pour glisser sa nouvelle.

— A la bonne heure ! s'écria-t-il, vous reprenez une mine de chrétien. Par saint Patrick !
lorsque vous êtes entré, vous étiez bouleversé à
nous faire frémir. Cela m'a été d'autant plus
sensible, que j'avais quelque chose d'agréable à
vous apprendre. Je...

Robert ne l'écoutait pas. Un flux de pensées
venait de le ramener à sa préoccupation première.

— Vous m'avez interrogé, dit-il en se tournant tout à coup vers la vieille ; eh bien, mère,
sachez tout. Quand un homme comme moi s'afflige et s'arrache les cheveux, c'est qu'un grand
chagrin est entré dans sa maison.

— Enfin, qu'y a-t-il? demanda Kate. Vous
pouvez parler, mon fils. Depuis la mort de Mary,
je suis prête à tout entendre.

— Sachez donc que la fabrique est fermée !

— La fabrique fermée !... répéta Jane en pâlissant.

— Le misérable Samuel Philips, le caissier, s'est enfui avec l'argent ; le propriétaire, un homme de plaisir qui voyage dans les grandes villes du continent, est aux trois quarts ruiné. Chacun s'est dispersé. Faut voir comme c'est triste, ces métiers qui ont cessé de battre, ces mécaniques qui restent immobiles, ces salles désertes et silencieuses ! Vrai, ça fait venir les larmes aux yeux. Et encore si l'on pouvait prévoir la fin de ce malheur... Mais la fabrique est fermée pour longtemps, hélas ! pour toujours peut-être...

— Non, non, dit vivement Kate, il se présentera des riches qui rouvriront l'atelier.

— C'est possible, mère ; en attendant, nous sommes là deux cents au moins qui restons les bras croisés. Maudit sort !... ajouta Robin en assénant un coup de poing sur la table. Ah ! si j'étais cultivateur, si j'avais pu affermer de la terre... nous vivrions dans l'espoir de la récolte, et nous dépendrions plus de Dieu que de

l'homme, tandis que c'est tout le contraire.
L'homme est si méchant, si dur!... Malheur à
qui a besoin de lui ! — On voudrait travailler
honnêtement; eh bien, cela même est impossible. Nos bras nous deviennent inutiles. Ah !
maudit Philips !... Deux cents ouvriers, deux
cents pères de famille, sans ouvrage !...

— Voisin, voisin, calmez-vous un peu, dit
Tom Dingle, qui ne reçut qu'un regard farouche
pour prix de son conseil amical.

Ce fut Jane qui réussit à dissiper en partie les
ombres épaissies sur le front paternel. S'étant
rapprochée de Robert, elle se pencha gracieusement et dit à demi-voix;

— Cher père, ne vous désespérez pas. J'ap-
prendrai à tout ce petit monde à prier pour
vous; or la prière des enfants est la plus agréable
à Dieu...

Robert Naul prit la main de sa fille aînée; en
même temps il contempla Jane avec une profonde attention ; puis, se tournant vers le batelier :

— Une brave fille, Tom, une brave fille !

— A qui le dites-vous, voisin !

—Tout le portrait de sa mère, Tom; même
air de bonté, de douceur, d'intelligence.

— A qui le dites-vous, voisin!

— Et comme ça travaille déjà! ajouta Robert
avec un mélange de fierté et de compassion. A
dix-sept ans, obligée de soigner toute une famille. Pauvre fillette!... elle mourra à la peine.

— Non, mon père, dit Jane d'un ton caressant. Cette vie active fait, au contraire, ma
force : je voudrais vous être encore plus utile;
je voudrais apporter non-seulement de l'économie, mais de l'argent à la maison. Ne vous désespérez pas, je vous le répète, parce que j'attends
bien du secours des bontés de la Providence.

Cependant l'heure passait au milieu de cette
effusion de l'intimité, et le voisin, commençant
à trouver sans doute qu'il avait dépensé raisonnablement de temps pour n'aboutir à rien, prit
une résolution violente : ce fut de s'emparer de
la parole et de ne point la lâcher avant d'avoir
exposé pleinement le sujet de sa visite.

— Ah çà! il faudra bien que vous m'écoutiez
enfin!... Laissez-là vos malheurs : on y songera
plus tard. Silence, Billy; Nanny, cessez de pous-

ser Madge. Compère, attention. Je n'ai pas besoin de vous apprendre ce que c'est que le château de Lilmore, qu'on aperçoit à trois milles
d'ici sur la hauteur... Ne m'interrompez pas!...
un château plus beau peut-être que tout ce que
j'ai admiré à Dublin, à Londres et ailleurs dans
le cours de mes voyages, quand j'étais soldat.
Le parc est si grand, que, divisé en terres labou-
rables, il nourrirait cent familles. (En faisant
cette observation, le digne homme soupira et
leva les yeux au ciel.) Le maître de l'endroit
n'est pas méchant, tant s'en faut; il ouvre assez
volontiers les mains pour donner aux malheureux et il ne s'en vante pas. Je ne lui connais
qu'un défaut, c'est de vivre toujours hors du
pays. Le village jeûnerait bien moins si nous
possédions toute l'année sir John Kildare. Mais
persuadez donc à ces nobles seigneurs d'habiter
notre pauvre Irlande, qui n'offre pas de plaisirs
et où les yeux sont affligés du tableau de la misère!... Et puis, sir John,—que je connais bien
pour avoir servi sous ses ordres, dans son régi-
ment, — n'est occupé que de la satisfaction de
sa fille unique, de sa belle Lucy. Il n'a qu'une

2

fille, ce gentleman-là, avec un aussi gros bien,
lui qui pourrait en nourrir dix... Et vous, voisin, vous avez tout un clan... Mais respectons la
volonté de Dieu. Enfin, ce qu'il y a, c'est que
miss Lucy est une personne très-avenante, très-
parlante, quoique fière par moments. Elle s'a-
muse souvent à venir à cheval jusqu'à la rivière.
Là, elle met pied à terre, se promène en cueil-
lant des fleurettes, et, si elle m'aperçoit, elle
m'appelle. Ah ! dame, je pousse vivement l'aviron ; elle saute dans la barque en riant, et nous
voilà à voguer tout en causant. Quand je cause,
moi, c'est du pays... Je ne connais que cela !
mon Irlande, ma bonne mère l'Irlande, dont le
flanc saigne par tant de plaies !... Et je ne puis
m'empêcher de dire tout ce qu'on souffre chez
nous, et comme dans bien des chaumières c'est
plus souvent jour de jeûne que ne le commande
la loi de l'Église ; je lui peins les temps où la
récolte n'a pas répondu à l'effort des bras ; je lui
montre les visages pâles, les joues creusées par
le besoin, les poitrines exténuées, les mains sans
force laissant retomber le hoyau et la bêche...
Il faut convenir que ça l'émeut, au moins quel-

ques instants; elle rêve et elle dit ensuite :
« C'est grand dommage qu'il y ait tant d'infortunés. Mais peut-être n'y a-t-il pas de remède
au mal ? — Ah ! miss Lucy, que je lui dis alors,
si tous les propriétaires avaient le cœur aussi
bon que votre père, l'Irlande trouverait peut-être
ce remède... » Vous comprenez que je n'ai pas
été sans lui causer de la famille Naul, que j'aime
par-dessus tout; de la grand'mère qui file toujours, du pauvre veuf qui est resté avec un bien
lourd fardeau, de la jeune fille qui soigne si
tendrement ses frères et sœurs. Ah ! Jane, je vois
votre mouvement, ma belle. Vous avez peur que je
ne vous aie trop vantée. Soyez tranquille, le vieux
Tom Dingle a vu bien des hommes et bien des
pays : il a de l'expérience et ne parle que dans
la mesure qu'il faut. J'ai dit ce que j'ai dit, ma
chère Jane, et miss Lucy n'a rien répliqué. Le
lendemain — pas plus tard qu'hier — elle est
revenue et m'a appelé. Je suis accouru, pres-
sentant qu'elle avait quelque chose de bon à me
communiquer. Nous sommes restés un quart
d'heure ensemble, moi debout sur le sable du
rivage, elle sur son beau cheval qui piétinait

et blanchissait son mors. Miss Lucy a abordé franchement le sujet qui lui occupait l'esprit. « Je n'ai pas oublié ce que vous m'avez raconté hier de cette jeune fille.., Ainsi, dites-vous, elle a toutes ces qualités? — Et bien d'autres ! m'écriai-je. — Ah ! l'exagération irlandaise... dit-elle en riant, je connais ça... — Bien d'autres ! » répétai-je. Pardon, Jane, n'écoutez pas si je vous embarrasse ; mais il faut que je sois sincère dans mon récit. « Vraiment? s'écria miss Kildare en agitant sa jolie tête blonde... (car vous verrez, Jane, comme elle est jolie...) Vraiment, Tom, vous m'inspirez le désir de connaître votre jeune amie. Il m'est venu une idée à son sujet, une idée excellente, je crois. Inutile serait de m'expliquer davantage en ce moment... D'ailleurs, il faut que Jane m'ait été présentée, soit par vous, soit par son père. Veuillez donc les avertir que, s'ils veulent venir un de ces jours, demain, par exemple, ils seront bien reçus au château. » Ici finit mon histoire : vous voyez, compère Robin, et vous, ma petite Jane, qu'elle n'était pas indigne d'être écoutée. Qui sait si le ciel n'a pas voulu compenser l'affliction qui vous arrive,

et vous donner une protection qui serve d'équi-
valent au travail suspendu? Tous les bonheurs
ne tombent pas à la fois ; mais non plus toutes
les calamités. Il n'y a pas tous les jours de
la pluie et du brouillard comme ce matin.
Le pauvre ne se repose jamais, c'est vrai, mais
sa tâche lui est mesurée secrètement selon ses
forces.

— Oui, dit Robert avec une certaine amertume : «A brebis tondue Dieu mesure le vent.»

— Certainement, dirent à l'unisson Jane et
le vieux Dingle.

—Pardon, reprit le père de famille, je ne suis
point patient, point résigné, je l'avoue ; j'ai trop
souffert et je sens que je souffrirai trop encore.
Cependant, mes amis, j'ai tort, car je vous con-
triste dans vos croyances, qui sont les miennes.
En vérité, voisin, c'est fort aimable à une belle
et riche héritière d'avoir ainsi pris garde à ce
que vous lui avez dit de ma pauvre Jane: j'en
suis fier. Toutefois ne nous faisons pas d'illusions; ne prenons point pour le désir d'être
utile ce qui n'est souvent que de la curiosité.
Vous avez vanté, trop peut-être, ma grande

fille ; et là-dessus miss Kildare, avec sa petite curiosité féminine, s'est imaginé qu'elle avait à contempler une merveille. Si Jane va au château, elle en rapportera de beaux compliments ; mais je gage que ce sera tout. Qui porte des flatteries aux grands, s'en revient souvent les mains vides.

Tom Dingle ayant hoché la tête en manière de dénégation, Robert Nauf continua avec chaleur :

— Est-ce que vous croyez que je désire autre chose... par exemple, une aumône déguisée sous titre de cadeau ! Je demande le travail... le travail tant qu'on voudra... mais pas l'aumône !

—Fils, modère-toi, dit gravement la vieille femme. Entre un bienfait et une aumône, il y a de la différence.

La parole de la grand'mère ne manquait jamais de produire son effet. Ainsi le calme revint tout à coup au cœur de Robert.

Jane profita de cette disposition meilleure pour émettre son avis, ce qu'elle n'avait pas osé faire jusqu'alors. Tendant d'abord la main à Tom Dingle en signe de remercîment .

— Depuis que je suis au monde, dit-elle, vous avez été pour moi un second père; votre bonté m'a encouragée, et j'ai aimé à suivre vos conseils, qui n'étaient que pour mon bien. Je vous suis donc très-obligée, monsieur Dingle, d'avoir parlé ainsi de moi à cette belle demoiselle. Si mon père m'autorise à le dire, je crois qu'il ne sera pas inutile que j'aille avec lui ou avec vous au château de Lilmore, bien que cela me fasse battre d'avance le cœur.....

— Pas avec moi! s'écria Robert, laissant tomber un regard sombre sur ses vêtements usés.

— Eh bien, avec M. Dingle, reprit la jeune fille, qui avait compris ce regard. Peut-être, comme dit le voisin, cette circonstance est-elle un signe de la protection de Dieu.

La vieille Kate tenait depuis quelques moment ses yeux fixés sur le ciel, que des bandes de pourpre commençaient à rayer.

— Bon espoir! dit-elle en étendant l'index : le temps est redevenu clair; le soleil brillera bientôt. Arrange-toi de ton mieux, ma mignonne,

et suis Tom Dingle jusqu'à l'endroit où il veut
te conduire. Tom Dingle est un véritable ami.

— Mais pendant mon absence..... murmura
Jane avec une certaine hésitation.

— Ne suis-je pas là pour surveiller la troupe?
dit brusquement Robert. Je n'ai que trop de liberté maintenant !

Jane monta à la chambre du haut, y fit une
toilette qui ne pouvait être très-compliquée ; et,
s'étant coiffée de son chapeau de grosse paille,
sous lequel elle était charmante, la jeune fille reparut promptement. Elle reçut un baiser de son
père, la bénédiction de Kate, embrassa elle-même
Madge, Annette, Mercy, Billy et Daniel, puis dit
au batelier :

— Monsieur Dingle, je suis prête à vous suivre. Allons vite.

Robert retint d'un geste rude les cinq enfants,
qui eussent bien volontiers accompagné « sœur
aînée » jusqu'à la rivière. Ce fut seulement au
bout de dix minutes qu'il leur accorda la licence
d'aller jouer dehors, sur le chemin, et lui-même,
transportant un escabeau, il alla s'asseoir à la
porte de la chaumière en demandant à sa pipe

une distraction, — un soulagement, s'il est vrai
qu'il y ait pour le malheureux un soulagement
réel à se plonger par la pensée dans la contemplation de son infortune. Plus que tout autre,
Robert devait gémir de son inaction forcée;
toujours il avait été un rude travailleur, et il savait combien coûterait cher à ses enfants le chô-
mage de la fabrique. De temps en temps, à travers la croisée il jetait un regard sur la vieille
grand'mère. « Oh ! se disait-il, elle souffre aussi
celle-là... mais elle est plus courageuse que
moi !... »

II

Comme tous les gens qui ont au cœur une grave préoccupation et qui suivent intérieurement un dialogue avec eux-mêmes, la jeune fille et le vieillard marchèrent d'abord en silence.

Jane avait une certaine peine à se mettre au pas de son compagnon, qui allongeait les jambes en arpenteur de bois et de plaines. Il finit par s'apercevoir de l'inégalité de leur marche et s'arrêta en souriant. Il offrit à sa compagne de s'asseoir au pied d'un large chêne qui étendait ses bras feuillus vers le bord du *lough* ou

lac de Rees. Mais Jane se contenta de reprendre
haleine en s'appuyant de ses deux mains sur le
bras de Tom Dingle, et bientôt elle dit :

— Remettons-nous en route.

— Par saint Patrick ! vous êtes pressée, ma
petite. Il n'est pas tard.

— Jamais il n'est trop tôt pour arriver, dit
Jane, qui partit en avant.

— Pas par là, cria le brave homme ; prenez donc à droite, dans la direction de Car-
new.

Jane s'était élancée si vivement — la mali-
cieuse ! — que le grave Tom Dingle en fut dé-
concerté et qu'il eut besoin de toute l'élasticité
de ses jarrets d'acier pour rattraper la jolie fu-
gitive. Il la saisit enfin par son *plaid*, espèce de
manteau d'une cotonnade bien simple, et que la
patiente aiguille avait souvent réparé.

— Ah ! petite fée, comme vous êtes alerte !...
Je crois que vous voulez éviter de causer avec
votre vieux compagnon. Si j'étais le beau Mi-
chael Jackson le pêcheur, ou bien le laboureur
Steevens, vous m'écouteriez plus volontiers, je
pense.

La chaste rougeur qui se répandit sur le front et les joues de Jane répondit seule à cette plaisanterie.

Aussi, laissant ce chapitre, Tom Dingle aborda-t-il gravement la question présente.

— Chère enfant, voilà des années que je ne me suis trouvé seul ainsi cheminant avec vous. Le soin de la famille vous retient toujours au logis, depuis que la pauvre mère vous a quittée... Ah ! Jane, vous ne savez plus ce que c'est que le loisir, le repos, la promenade... Pauvre enfant, votre héritage a été celui des peines.

— Je ne m'en plains pas, dit la jeune fille. Dieu, qui lit dans mon cœur, connaît ma sincérité. Non, monsieur Dingle, je ne me plains pas du sort en ce qui me concerne. Sans cet événement douloureux qui nous a frappés, peut-être n'eussé-je pas pris comme je l'ai fait l'habitude du travail ; je me suis instruite et exercée par nécessité ; j'ai dû apprendre ou deviner une foule de choses nécessaires. Dieu merci ! je puis aussi bien cultiver la terre que coudre des habits, des robes et des chemises. Il m'a fallu devenir industrieuse. Ne me vantez pas, de grâce ;

il n'y a point de mérite à cela. *Mes* enfants
avaient tant besoin de moi!... Et tenez, vous
allez me trouver bien étrange, mais, tandis
que je vous accompagne pour une chose peut-
être utile, ma pensée est avec ces pauvres
créatures. Je n'aime pas à être absente.

Tom Dingle se récria : ·

—Oh! c'est trop de zèle, pour quelques heures!... *Vos* enfants ne seront-ils pas bien malheureux!... D'ailleurs, ils sont avec leur père,
qui n'a que trop de temps à lui...

— Hélas!...

— Oui, Jane, vous avez raison de soupirer :
Robin est actif et très-fier. La besogne quotidienne est pour lui un besoin ; en outre, il lui
répugnerait de recevoir l'aumône, de vivre par
la taxe des pauvres, à l'instar de tant de nos
compatriotes qui tendent la main sans pudeur
et vont ensuite chercher l'oubli des maux de la
vie dans quelques verres de genièvre. Robin
doit être en ce moment le plus malheureux des
hommes. Je sais bien qu'il est habile dans son
état, et que, sans sortir de notre province de
Leinster, s'il voulait aller de sa personne à Du-

blin, il y trouverait de l'occupation pour toute
sa vie...

— Mais il tient au village, dit Jane en se retournant involontairement, comme si ses yeux
pouvaient apercevoir encore les chaumières et
le clocher de Bray...

— Vous y tenez aussi, dit le batelier avec un
clignement significatif.

— Oh! moi, je ferai tout ce que mon père
voudra.

— Ce cher Robin! reprit Tom Dingle, évo-
quant ses souvenirs à la manière de tous les
vieillards; je le vois encore dans les temps
meilleurs : la jeunesse éclairait son front de
beaux rayons... tenez, comme ceux du soleil
à présent. L'affection d'une fiancée, l'espérance qui rapproche l'avenir, tout s'unissait
pour promettre le bonheur à cet honnête garçon; il sentait en lui cette force mesurée et
calme qui défie le temps, la maladie et la vieillesse. Plus d'un portait envie à Robin. Son bonheur était devenu proverbial. Il y a encore des
gens qui s'en vont disant : « Heureux comme
Robin! » Ils ne savent pas seulement de quel

Robin il est question ; et, s'ils le savaient, ils mettraient assurément un autre nom au bout de leur proverbe.

— Heureux comme Robin ! répéta Jane. Ah ! quelle pitié !

Et quelques larmes, qu'elle s'efforçait de cacher, vinrent mouiller ses yeux.

— Depuis ce temps, continua l'honnête batelier, la lutte a été rude pour le brave homme ; la jeunesse s'est envolée, et, avec la jeunesse, l'insouciance. La solitude est venue... non que Robin soit seul en ce monde, comme moi, par exemple, qui ne trouve à causer qu'avec mon corbeau Pick... Mais, quand on est privé d'une femme chérie, on est seul désormais, même au milieu de ses enfants ; et Robin n'en manque pas.

— Non, murmura Jane avec un sourire triste ; il n'en manque pas.

— Enfin !... dit-il.

Ce mot lui servait de résumé. « Enfin » était pour lui une conclusion et une formule philosophique.

Ils venaient d'atteindre le bord de la rivière ;

dans une petite crique se balançait la barque de
Tom Dingle, à demi cachée par les roseaux.
Tom l'amena par la corde, défit le nœud, sauta
dans l'embarcation, tendit la main à Jane et se
mit en devoir de faire fonctionner les rames.
Tout en coupant le courant, il recommandait à
la jeune fille de bien conserver son équilibre.

— Je n'ai pas peur, dit-elle, et je ne me laisserai pas tomber.

— Il est de fait que ce n'est pas là une grande
navigation. Chaque année, nous avons des compatriotes qui se risquent bien plus loin et à travers d'autres périls. Je veux parler de ceux qui
émigrent pour l'Amérique.

— Les malheureux! dit Jane. Ils renoncent à
leur patrie! Ils effacent tous les souvenirs! Ils
deviennent des Américains!

— Ah! dame, c'est cruel, parce que rien
dans le monde ne vaut notre belle Irlande; mais
contre la nécessité il n'y a pas de résistance,
voyez-vous, Jane, et, lorsqu'on ne trouve plus
dans le bahut un seul morceau de pain ni dans
le grenier une seule pomme de terre, alors il
faut s'expatrier, il faut s'en aller travailler cou-

rageusement dans les pays plus favorisés, où
l'on peut vivre à la sueur de son front.

— Et combien donc en part-il ainsi chaque
année ?

— Ça varie. Tout dépend du plus ou du moins
de subsistance et de l'humeur des maîtres du
sol, qui sont quelquefois si durs et vous mettent
un tenancier dehors, ni plus ni moins qu'un
chien. En tout cas, c'est par milliers qu'on s'ex-
patrie. Les États-Unis sont peuplés d'Irlandais.
Notre malheureuse race est partout, et encore
en reste-t-il de trop chez nous. Il n'y a guère de
filatures importantes que dans la province de
l'Ulster ; les pâturages, notre principale richesse,
nourrissent de nombreux troupeaux qui ne
sont pas à nous ; les revenus sont dépensés hors
de l'île ; les taxes sont lourdes ; le clergé pro-
testant, composé de seize à dix-sept cents mi-
nistres seulement, coûte trente-trois millions.
Vous voyez ! Ailleurs on s'occupe de luxe ; ici
on n'est préoccupé que de ne pas mourir de
faim...

Tom donna un grand coup d'aviron dans l'eau,
qui rejaillit sur Jane.

— Pardon... dit-il; c'est mauvais de s'abandonner à ces pensées-là.

— Ah! tenez, dit vivement la jeune fille toute
saisie d'émotion, nous ne serons pas obligés
d'aller jusqu'au château pour voir miss Kildare.
J'aperçois sur la hauteur une belle demoiselle
à cheval, suivie d'un domestique tout reluisant
d'or...

Le batelier se retourna et ôta respectueusement son chapeau déformé.

— Vous avez raison, dit-il à demi-voix, c'est
elle! c'est miss Kildare!... Elle a voulu venir
au-devant de nous! Quelle aimable personne!...

Un instant après, il abordait et faisait sortir
Jane de la barque. Puis tous deux ils s'acheminèrent à la hâte vers le sentier par lequel descendait Lucy.

Cette dernière fit de la main un petit salut à
la fois protecteur et bienveillant. Un sourire gracieux entr'ouvrait ses lèvres.

Le domestique avait mis pied à terre et il
maintint le cheval de sa maîtresse, tandis que
le batelier présentait sa large épaule, sur laquelle miss Kildare s'appuya pour sauter.

Aussitôt elle alla à Jane, que la timidité rendait immobile.

— Ah ! ah ! dit-elle, voilà cette enfant dont vous m'avez parlé avec tant d'éloges. Bonjour, petite. Votre nom ?

— Jane Naul.

— Votre âge ?

— Dix-sept ans, milady.

— Ne soyez donc pas honteuse ; relevez donc la tête.

— Oui, Jane, dit le bonhomme Dingle, il ne faut pas baisser le nez. C'est bon pour ceux qui ont des fautes à se reprocher ; mais, lorsqu'on n'a jamais pratiqué que le bien....

Lucy interrompit en riant ce panégyrique.

— Laissez, laissez ; dans un moment nous aurons fait ample connaissance. Vous savez que je ne suis pas méchante.

— Oh ! miss Kildare, s'écria Tom, je sais que vous êtes douce aux pauvres gens, de même que votre honoré père est le meilleur des gentlemen.

— Cette chère enfant ! comme elle est délicate, pour avoir vécu à la campagne !

— C'est bien simple, fit observer le vieux batelier ; Jane a peu travaillé aux champs. Sa besogne est à la maison , et elle n'en manque pas.

— En effet, vous m'avez raconté qu'elle a des frères et des sœurs en bas âge.

— Elle a trois sœurs et deux frères, rien que ça ! de plus, sa grand'mère, qui ne peut guère s'aider. En comptant bien, six enfants à soigner, à entretenir , blanchir et faire manger, sans compter le père.

— Est-il possible! dit Lucy avec une certaine compassion. C'est qu'elle est charmante ! Pensez-vous que vous pourriez avoir de l'amitié pour moi, Jane ?

— J'en suis sûre, milady, répondit Jane avec l'empressement du cœur. Vous me témoignez une bienveillance dont je vous suis déjà reconnaissante.

— Elle parle vraiment fort bien ! s'écria miss Kildare ; qui donc vous a appris à parler ainsi?

Jane, intimidée de nouveau, baissait encore le visage. Tom Dingle vint à son secours en disant :

— Voilà l'affaire. Notre Jane, du vivant de sa pauvre mère, dans le *bon temps*, allait s'instruire de la lecture et de la religion chez notre digne curé, l'abbé Reynold. Il répète toujours qu'elle a été sa meilleure élève.

— Je crois bien. Mon enfant, vous connaissez les travaux d'aiguille ?

— Tous, milady. On ne me les a pas appris ; mais, avec du courage et de la patience, je les ai appris toute seule.

— C'est parfait. Eh bien, Jane, je vais vous dire ce que j'ai projeté pour vous. Mon éducation étant terminée, mon père va la compléter par un voyage des plus intéressants. Nous devons visiter successivement et en détail la France, l'Italie, la Suisse, l'Allemagne. Je veux vous attacher à ma personne en qualité de femme de chambre : vous serez bien payée, chaque année vous le serez davantage ; votre toilette ne vous coûtera rien, car je porte à peine mes robes, qui seront toutes pour vous. Il vous sera très-facile de vous amasser une petite dot que la générosité de mon père augmentera, j'en suis sûre. De retour dans votre pays, vous vous y établirez d'une manière convenable, et vous n'aurez, je crois, que des actions de grâce à rendre à Dieu pour nous avoir été recommandée si chaudement par le brave Tom Dingle, l'ancien soldat de mon père.

Il y eut, en ce moment, un contraste des plus étranges. D'une part, Tom Dingle, ébloui par la proposition, qui en effet se produisait sous des formes séduisantes, charmé du bonheur que l'avenir promettait à l'enfant de son adoption et ne se dissimulant aucun des avantages que Jane tirerait d'une aussi brillante société; Tom Dingle, disons-nous, leva les mains au ciel en proférant des exclamations joyeuses et enthousiastes, comme lui seul en trouvait au fond de son gosier. Jane, au contraire, parut tomber dans une sorte de tristesse inquiète et timide qui ne savait comment s'exprimer. Ne pas répondre, c'était impossible; ne pas remercier, c'eût été une grossière et impardonnable ingratitude. Le silence ne pouvait se prolonger. Jane sentait qu'il lui fallait dire quelque chose, mais elle n'osait dire ce qui était dans son cœur.

Or dans son cœur s'était élevée une répugnance invincible pour la proposition qui venait de lui être faite.

Dans son cœur, une voix puissante et sévère avait crié : « Tu ne t'appartiens pas ! tu ne saurais accepter en égoïste un bien-être qui ne rejaillirait pas sur ces pauvres orphelins confiés à tes soins par une mère mourante. La tombe t'a imposé une tâche sacrée, et, du haut du ciel, celle qui n'est plus te regarde agir. Tu ne peux donc te reposer et songer à vivre pour toi, aux rayons du luxe et de la splendeur, que le jour où ces orphelins, étant élevés, étant devenus forts et possédant un état, n'auront plus besoin de ton assistance. Jusque-là, ô bergère d'âmes ! ne te sépare point de ton troupeau ! »

Ainsi parla la conscience, et la conscience ne fit pas attendre son arrêt : car elle le rendit à mesure que miss Kildare découvrait devant les yeux de la jeune fille la perspective des prospérités qu'elle lui réservait.

—Bonne miss Kildare! s'écriait Tom Dingle; généreuse demoiselle! Ah! vous êtes la digne fille de ce noble et excellent colonel qui témoignait tant d'attentions pour ses soldats, et qui me consolait seul de servir l'Angleterre!

Cette effusion naïve amusa Lucy et fit gagner un peu de temps à Jane. L'effroi de la jeune fille pouvait d'ailleurs passer pour de la timidité ; Tom s'y était mépris, et certes il ne s'attendait nullement à la scène qui allait suivre.

— Eh bien, mon enfant, dit miss Kildare, je suppose que vous avez réfléchi... ou plutôt, j'aime à penser que vous n'avez pas besoin de réflexion ; le parti que je vous offre est assez avantageux...

— Superbe ! s'écria le vieux batelier.

— Je vous garantis l'aisance...

— La fortune même ! s'écria Tom Dingle.

— Laissez-la donc parler, dit la demoiselle, modérant du geste le trop fougueux ami de la famille Naul.

Jane s'était raffermie, et jamais on n'eût pu croire qu'elle trouverait en elle assez de force pour répondre ainsi qu'elle le fit :

— Milady, si vous doutiez de ma reconnaissance pour vos bontés, auxquelles je n'ai aucun droit et qui viennent d'éclater sur moi, vous me

causeriez autant de chàgrin que j'ai ressenti de
satisfaction en entendant votre offre.

— C'est bien pompeux ! interrompit vivement
Lucy. Les tergiversations me déplaisent. Oui
ou non ?

— Permettez, de grâce, dit Jane d'une voix
suppliante. Je ne veux point passer pour une in-
grate; il faut pourtant que je m'explique.

— Alors vous refusez ?... dit sèchement Lucy,
dont les joues ordinairement pâles reçurent une
teinte de carmin assez marquée.

— Je ne répondrai pas cela ! s'écria Jane; je
ne puis vous répondre ainsi. Je serais odieuse à
moi-même.

— Enfin, parlez comme il vous plaira. Je
vous donne cinq minutes, et je repars si c'est
non.

Elle fit signe à son groom de se rapprocher.
Involontairement Tom Dingle, emporté par la
force de ses sentiments, fit un geste contraire.
Puis, pinçant Jane au coude, il lui dit tout bas :

— Parle donc, malheureuse !

Il l'eût battue en vérité, tant il était furieux,
par excès de tendresse.

— Eh bien, milady, reprit Jane d'un accent
simple, net et ferme, car le sentiment austère
du devoir venait de rendre la jeune fille complétement à elle-même, eh bien, voici ma réponse, elle sera très-courte ; il ne me faudra pas
même les quelques minutes que vous daignez
m'accorder. Ma mère est morte laissant cinq
enfants très-jeunes ; sa propre mère est infirme
et quitte à peine sa chaise. La Providence a
voulu que je fusse en âge de m'occuper de ces
enfants, et que j'eusse assez de raison pour
comprendre mes obligations de sœur aînée. Nous
n'avons point de parents qui puissent m'aider
en adoptant quelqu'un de ces pauvres orphelins :
il faut que je veille sur eux à toute heure du
jour, que je leur donne tous les soins possibles,
que je préside à leurs repas, que je les tienne
propres, que je fasse régner le bon ordre entre
eux. Mon père, humble ouvrier dans une fabrique, n'a pas moins besoin de moi. Moi partie, qui s'occuperait de ces détails du ménage ?
Quand bien même je leur enverrais tout l'argent
que je gagnerais chez vous (et certainement je
le leur enverrais), que pourraient-ils en faire ?

Il faudrait donc que mon pauvre père appelât une étrangère dans sa maison. Or quelle est l'étrangère qui aurait pour ma bonne grand'mère la vénération que je lui ai vouée? quelle est l'étrangère qui pourrait sans impatience supporter les cris et la turbulence de mes cinq enfants? On les maltraiterait, on les battrait, mes pauvres chers petits!... et ma mère serait en droit de me crier du fond de sa tombe : « Si tu ne les avais pas quittés, ils ne seraient pas battus! » Non, milady, pour rien au monde je ne me séparerai d'eux. Voilà ma réponse; excusez-moi d'avoir tant parlé; ce n'était pas mon dessein.

Miss Kildare avait été partagée entre l'orgueil froissé et l'attendrissement. Les yeux baissés, l'air distrait en apparence, elle frappait, du bout de sa cravache, des tiges de chardon et faisait voler les légers pétales. En réalité, elle écoutait très-attentivement, tandis que Tom Dingle, désespéré, avait été, à quelques pas de là, s'asseoir sur une grosse pierre, et était en train de se cogner la tête à grands coups de poing. Mais combien il resta stupéfait quand il vit miss Kil-

dare ouvrir ses bras, attirer Jane contre son
cœur et lui baiser le front ! et lorsqu'il entendit
la brillante héritière dire à la pauvre fille de
l'ouvrier :

— Jane, vous êtes à mes yeux la perfection
vivante. Moi aussi, j'ai eu la douleur de perdre
ma mère, mais j'ai été entourée de gouver-
nantes, de professeurs, de domestiques : mon
père n'a eu d'autre peine que de m'aimer, et il
m'aime bien. On ne m'a laissé le temps ni le
soin de sentir la perte que j'avais faite. Vous,
au contraire, Jane, vous avez dû, à peine sortie
de l'enfance, devenir femme pour ces enfants;
vous avez dû être la mère de ceux dont vous
n'eussiez été que la sœur; vous avez dû trouver
en vous et témoigner aux autres la tendresse
maternelle dont vous eussiez eu tranquillement
votre part. Je ne veux pas vous dire ce que je
pense de cela; car vous êtes modeste, et vous
souffririez de mes éloges. Mais, dès maintenant,
recevez l'assurance que votre refus ne me blesse
pas, et que, s'il m'afflige, c'est seulement parce
que vous restez en face de la pauvreté. Croyez,
Jane, que je ne vous oublierai pas. Ceci n'est

point une de ces paroles qu'on jette au hasard :
c'est quelque chose de sérieux ; vous entendez,
Tom ?

— J'ai entendu, murmura ce dernier d'un
air sombre et presque bourru.

— Adieu, Jane, reprit miss Kildare ; adieu,
excellente fille. Le ciel vous bénira.

Avec l'aide du groom elle remonta à cheval,
et bientôt elle eut disparu, non sans avoir
adressé de la main un geste amical à la jeune
fille et au vieillard.

Jane et Tom Dingle restèrent quelque temps
immobiles, les yeux fixés sur le chemin qu'ils
avaient suivi ; ils semblaient avoir mutuellement
conscience de la divergence d'opinion qui les
séparait, eux si bien unis jusqu'alors. Tom n'a-
vait pas déposé sa physionomie chagrine ; Jane,
au contraire, portait sur ses traits cette expression radieuse que donne le sentiment du devoir
accompli. Qui eût pu penser, à la voir, qu'elle
fût si contente d'avoir refusé l'aisance, un sort
assuré et presque la fortune, elle qui, en ren-
trant dans la maison paternelle, était certaine
d'y retrouver la pauvreté aujourd'hui, la misère

demain, le désespoir peut-être! Une admirable
sérénité se lisait sur son front pur, d'où avait fui
complétement le nuage produit par une lutte mo-
mentanée. Jane s'était rattachée plus fortement
que jamais à sa tâche, et maintenant elle l'aimait d'autant plus qu'elle lui avait plus sa-
crifié.

— Une belle occasion perdue!... grommela
Tom Dingle. Un bon établissement manqué!...
Elle n'a pas compris qu'en entrant chez sir Kil-
dare elle eût bien simplifié les choses.

— Écoutez, dit Jane d'un accent dont la fermeté surprit l'ancien soldat, écoutez, monsieur
Dingle. Vous nous aimez, mais il ne faut pas que
l'affection violente les gens, et que par le désir
de notre bien on fasse notre mal. Si miss Kildare a compris et respecté les raisons qui
me retiennent auprès de ma famille, combien devez-vous davantage les comprendre et
les respecter, vous qui connaissez notre manière
de vivre et les besoins de ces orphelins! Ce
n'est pas à vous que j'ai rien à apprendre à cet
égard.

Tom Dingle se gratta la tête, et ne répondit

que par un geste d'humeur, ne voulant pas con-
fesser qu'il eût tort.

— Allons, dit-il ensuite, repassons l'eau.
Votre temps est précieux. Vous avez hâte d'être
avec les marmots.

Comme il allait quitter la rive, une voix le
héla.

— Attendez, Tom, attendez!

— Tiens, dit-il, c'est Steevens, en compagnie
de sa vache. Holà! Steevens, où allez-vous ainsi?

— Patience, répondit de loin le cultivateur.
Attendez-moi; j'ai besoin de passer l'eau.

— Avec votre vache?

— Oui, mon homme.

— Ah! c'est différent; il faut que j'amarre
le bateau et que je prenne mon bac. Permettez-
vous cela, Jane?

— Certainement, dit la jeune fille.

Elle avait lu sur les traits de Steevens un
grand trouble. Ce dernier avançait sans avoir
aperçu ou reconnu la jeune fille.

Arrivée au bord de l'eau, la vache se mit à
mugir, comme si elle pressentait pour elle-
même quelque fâcheuse aventure. Et Steevens

lui adressa, en lui caressant le col et le fanon, cette espèce d'interpellation :

— Pourquoi beugles-tu, ma pauvre *Bab*[1]? Est-ce que tu devines ton sort? Hélas! Je suis obligé de te conduire à Wicklow pour te vendre à un boucher, ma pauvre Bab!... Oh! tu étais ma joie et mon orgueil; tu me connaissais si bien, que tu distinguais mon pas. Chaque matin tu me léchais les mains; tu me suivais comme un chien. Ah! la misère! la misère! Il faut que je te vende, Bab!... Je ne veux pas penser au reste!...

Bab, comme attendrie par cette lamentation, passa sans résistance sur le bac. Quant au vieux batelier, il en avait entendu assez pour n'avoir plus besoin de demander à Steevens d'explication ultérieure. Il se plaça à l'arrière du bac et agita le grand aviron en répétant d'une voix lugubre :

— Ah! la misère! la misère!... Et dire qu'il y en a qui refusent leur bonheur!

Mais déjà Steevens ne songeait plus à la dure

---

[1] Barbara,

nécessité où il se trouvait. Il venait de reconnaître Jane, et la stupéfaction enchaînait sa langue.

Il n'avait pu que murmurer :

— Jésus, Maria !

Jane si loin de sa demeure, Jane toute seule, elle qu'on n'avait jamais rencontrée qu'escortée de sa troupe d'enfants !

C'était pour lui un fantôme en plein midi.

La jeune fille portait de l'amitié à Steevens, honnête garçon qui n'avait que le tort de n'être pas assez énergique.

Il se tenait respectueusement debout à quelque distance ; elle l'invita à s'asseoir près d'elle sur la planche, et elle se mit à lui exprimer toute la part qu'elle prenait à son infortune, comme si elle n'était pas au moment de retrouver chez son père une infortune non moins cruelle ; une misère non moins enracinée.

Il l'estimait trop pour se permettre de la questionner sur son petit voyage. Ce fut elle, au contraire, qui reçut ses confidences et qui apprit quels avaient été les rêves du pauvre jeune homme.

— Mamzelle Jane, vous m'avez connu dans un temps où j'étais joyeux et chantais toute la journée. Alors je n'étais que valet de ferme. Un temps où je n'avais d'autre souci que d'amasser mes petites économies. Et, ma foi, je ne dépensais rien, car je songeais à l'avenir. Ah ! j'ai eu trop d'ambition. J'ai voulu prendre à mon compte un peu de terre. Je suis devenu tenancier, et je n'ai pas compris que la charge serait trop lourde pour moi. Ces intendants des grands seigneurs sont si exigeants !... Si on est en retard pour payer, ils vous ont bientôt mis dehors. Voilà pourquoi votre ami Steevens, qui s'était flatté de réussir et de se choisir une gentille petite ménagère, ajouta-t-il avec trouble, s'en va tristement vendre sa dernière vache...

— Et dire qu'il y en a qui refusent leur bonheur !... répéta le batelier.

Le passage de la rivière accompli, les amis se séparèrent. Steevens, enchaîné à la marche lente de Bab, resta en arrière, livré à ses pensées, tandis que Jane, pleine d'inquiétude, s'en retournait chez elle d'un pas diligent, ayant à

peine la force de répondre au brave Tom Dingle,
qui la quitta en disant :

—Je conçois bien, vous avez fait votre devoir;
mais c'est dommage tout de même d'avoir re-
poussé une si belle occasion... et pour trouver
quoi au logis? je vous le demande!...

III

A mesure que Jane approchait de la chaumière, qui lui était cachée par un petit bouquet
de bois, elle entendait de plus en plus distincte-
ment des rumeurs tumultueuses. C'étaient d'a-
bord les cris aigus des enfants, qui, n'étant
pas surveillés étroitement comme d'ordinaire,
avaient profité de l'occasion pour engager une
partie de jeu, une partie effrénée ; ils couraient,
ils se querellaient, ils se battaient, sans que personne mît le holà, car probablement le père
était occupé à tout autre chose; et quant à la
vieille femme qui était restée dans la chaumière,
à sa place accoutumée, ce n'est pas elle qui eût

pu rétablir l'ordre. Elle avait bien deux ou trois
fois frappé aux carreaux avec le bout de sa quenouille, mais nul ne l'écoutait; la folie du jeu
égarait trop les petites têtes.

Jane, déjà troublée sous ce rapport, distingua
ensuite des voix d'hommes qui parlaient presque
toutes ensemble, comme lorsqu'on discute, et
avec une certaine véhémence. Ceci l'étonna et
sonna mal à ses oreilles. Elle se mit à courir
et tomba dans un véritable rassemblement des
gens du voisinage. Des groupes se formaient, se
brisaient, se reformaient. Il y avait des ora-
teurs qui allaient de l'un à l'autre, excitant,
échauffant les passions; de ces tribuns tels qu'il
s'en trouve toutes les fois qu'il y a une foule inquiète, émue, et prête à s'alarmer pour ses intérêts les plus essentiels.

On eût dit, à voir tant de personnes réunies
sur le même point, qu'il s'était accompli en
quelques heures un de ces événements graves
qui menacent tout un pays. Elles étaient an-
ciennes, les causes de cette agitation; elles se
rattachaient à de longues souffrances, à une lutte
héroïque contre la misère. Plus d'un des assis-

tants avait vu en face le spectre livide de la
faim ; plus d'un, après avoir confié à la terre
les semences économisées à grand'peine, n'avait
retiré de ses sillons que des produits avortés ;
plus d'un tenancier, chassé par les gens du
landlord, ce seigneur féodal dégénéré qui ne
protége pas son vassal, avait dû errer en pleurant autour de la maison fermée ; l'hypothèque
monstrueuse avait dévoré les ressources de bien
des pères de famille qui étaient là ; d'autres,
après avoir goûté longtemps ce bien inestimable
qu'on appelle la liberté, avaient dû accepter la
dégradante discipline du *work-house*. Enfin, si
un Hogarth avait été présent, son crayon obser-
vateur eût pu saisir la douleur et la détresse
dans leurs nuances les plus sombres.

Oui, tous ces hommes réunis là comme par
hasard avaient longtemps souffert isolément.
Deux causes puissantes et inattendues venaient
de les rassembler et de donner par conséquent
à leurs plaintes l'autorité d'une réclamation générale.

D'abord la fermeture de la fabrique. Tant
d'ouvriers jetés dehors, c'était grave dans une

année de disette. Ces malheureux avaient, dès le matin, couru les paroisses des environs, proférant des plaintes, poussant des clameurs et répandant partout l'alarme.

Puis Peters Donaghoe avait paru.

Qu'est-ce que Peters Donaghoe ?

C'était un de ces êtres étranges qui, par la parole, par l'énergie de l'action, par une résolution indomptable, sont destinés à mener la société. Si, au lieu de naître dans je ne sais quelle cabane du misérable Connaught, il avait reçu le jour dans une famille opulente, il eût certainement dominé la Chambre des communes et renversé des ministères. Sa force de volonté l'avait fait ce qu'il était, c'est-à-dire un homme entreprenant, infatigable, prêt à entrer dans toute spéculation, courant toujours, menant vingt affaires de front et ne se rebutant jamais. Plusieurs fois il avait traversé l'Atlantique. A voir l'ardeur avec laquelle il travaillait aux émigrations, ses ennemis l'accusaient de fonder quelques profits secrets sur le nombre des colons qu'il envoyait aux États-Unis. Il est certain que plus d'un départ s'était opéré par son in-

fluence et sous sa direction. Aux accusations
qu'on lui avait parfois lancées, il répondait par
ces paroles, accompagnées d'un rire amer :
« Oui, je m'honore d'avoir contribué à affran-
chir de la faim et de la plus affreuse mort bon
nombre de mes compatriotes. Et puisse le ciel
me donner le temps de continuer mon œuvre !...
Nous ne sommes plus guère que six millions
d'habitants dans un pays qui pourrait en nourrir
vingt-cinq. Je voudrais qu'il n'y restât plus, un
jour, que les *landlords*, leurs intendants et leurs
valets ! »

C'était donc une véritable scène de *hustings*
qui se passait devant la chaumière de Robert
Naul. Et il faut dire que Donaghoe avait trouvé
en Robert un impétueux écho de ses doctrines.
Donaghoe, homme à l'épaisse chevelure, à la
taille athlétique, aux robustes poumons, ne
cessait de parcourir et de passionner les groupes.
Cependant il sentait lui-même qu'obligé de re-
commencer constamment le même discours, il
n'obtenait pas cet effet d'ensemble indispensable
pour entraîner les masses. Il appela donc d'a-
bord à son secours les provisions de bière et li-

queurs fortes qu'il avait eu soin de faire apporter par des matelots de l'*Érin*, gros bâtiment
à voiles mouillé en ce moment dans le port de
Dublin.

Les distributions de spiritueux, bien qu'ayant
lieu avec un certain ordre, étaient trop fréquentes pour ne pas occasionner quelque trouble
dans les cerveaux. Déjà les têtes se montaient;
déjà il était répondu violemment aux objections
timides; chaque toast augmentait le nombre des
partisans de Donaghoe « *Donaghoe for ever!* »
et diminuait par contre celui des opposants ou
tout au moins des irrésolus. L'agent d'expatria-
tion possédait l'art de tâter le pouls à la foule
et de saisir le moment où le coup décisif devait
être porté. Il s'élança sur un tonneau, et, domi-
nant la multitude du haut de cette tribune improvisée, il appela à lui par ses gestes tous ceux
qui pouvaient l'entendre. Ce ne fut pas un discours qu'il prononça, à la manière des héros
de Tite Live et selon les règles de la rhétorique.
Sa parole saccadée, désordonnée, procédait par
apostrophes véhémentes; le poing entrait pour
moitié au moins dans son éloquence; et, si l'o-

rateur ne frappait pas tous les esprits, il frappait du pied de façon à faire craindre pour le
sort du tonneau, qui contenait encore une certaine quantité de *stout beer*.

— ..... Ce n'est pas une insurrection que je
viens vous prêcher, mes enfants. La révolte, à
quoi bon? ce serait absurde. On se bat quand
on a espoir de vaincre. Se battre sans le moindre
espoir, ce serait une témérité ridicule. Il ne
nous est resté en Irlande qu'un seul droit, —
celui de mourir de faim. N'en usons pas, camarades, ce n'est point la peine. Ce genre de
mort est trop laid..... (On rit. — Applaudissements. — Écoutez! écoutez!)

..... Oh! si vous les croyez, ces beaux petits
landlords qui depuis Cromwell se sont partagé
le pays, tout y va le mieux du monde. De quoi
vous plaignez-vous, faquins? N'avez-vous pas des
routes parfaitement entretenues? des écoles ouvertes à vos enfants, surtout s'ils abjurent? des
work-houses pour vos vieillards? Oui, oui, mes
doux maîtres, mais la plupart du temps nous
sommes obligés de manger des navets cuits à
l'eau sans sel ou même de disputer des racines

aux animaux sauvages. Et si l'on parcourt les
rues sombres et désolées du quartier des *Liber-
ties*, dans ce Dublin, si fier de ses monuments,
de son *Phœnix-Park*, de son palais des Quatre-
Cours, de son Corn-Exchange; si l'on ne craint
pas de s'aventurer dans ces rues de la misère,
ah! quel douloureux spectacle! Là le froid, la
faim, les haillons; plus de toits, plus de fe-
nêtres... Des malheureux entassés dans des caves
y périssent par milliers, tandis que de l'autre
côté de la ville règnent le luxe et l'indolence!

Ici la foule fit entendre un *grognement* prononcé contre les riches et les *absentees*[1].

L'orateur entra dans le détail des souffrances
de l'Irlande; et il présenta un tableau si na-
vrant, que l'assemblée entière poussa un cri
d'horreur.

C'était le bon moment pour la contre-partie,
c'est-à-dire pour l'exposé du remède.

— . ... Un droit nous reste, un droit qui
nous est toujours ouvert, celui de partir. Assurément il est triste de quitter le pays; mais

---

[1] On entend par ce nom les propriétaires opulents qui vivent
hors de l'Irlande.

l'homme de cœur emporte sa patrie partout où
il pense à elle. C'est ainsi que notre Irlande peut
toujours être présente à vos yeux. Maintenant,
camarades, songez que les plus belles contrées
du monde vous sont ouvertes. L'Océanie vous
appelle! ses bords enchanteurs, ses forêts im-
menses, sa végétation inépuisable, tout cela est
à vous! Là, pas de taxes à payer, pas de mauvaises récoltes à craindre. Les arbres sont perpé-
tuellement chargés de fruits; si vous jetez un
grain de blé dans le sol, il vous rapporte une
gerbe. C'est le paradis terrestre. Je n'exagère
rien, mes enfants. Puissé-je, si ma parole n'est
l'exacte expression de la vérité, avoir la langue
traversée d'un fer rouge!... (Applaudissements
frénétiques. Mais l'orateur a quelque chose d'important à ajouter. Il réclame encore deux mi-
mutes d'attention).

— ... N'hésitez pas. L'instant est favorable.
Vos souffrances n'ont que trop duré. Mettez-y un
terme. Soyez hommes. Il faut laisser les larmes
aux femmes et aux vieillards. Nous avons dans
le port de Dublin un navire aux larges flancs;
il vous emmènera tous. Il y a de la place pour

trois cents passagers. La Compagnie *Anderson*, *Donaghoe et Colleb* fournit tout ce qui sera nécessaire à votre entretien. Chacun des colons qui apposera sur la liste que voici sa signature recevra une petite somme destinée aux plus pressants besoins et à l'achat de quelques instruments aratoires. Encore une fois, n'hésitez pas. La liberté est au delà de la mer ! Vive la liberté !

A peine cette harangue achevée, au bruit des hourrahs de l'assemblée, Peters Donaghoe sauta lestement à bas de son tonneau, qui fut immédiatement converti en une table. L'orateur tira de ses poches une grande pancarte, une écritoire, des plumes, et se mit en devoir d'inscrire les noms de tous ceux qui voudraient s'associer à l'entreprise.

— Mon brave Robert, dit-il en souriant, je commence par vous, car vous êtes un homme résolu et vous ferez un aussi bon cultivateur que vous avez été bon ouvrier.

— A votre fantaisie, répondit Robert Naul.

— Voilà qui est fait; signez.

Au moment où Robert allait prendre la plume,

il sentit son bras fortement comprimé. Au mouvement qui le retenait s'était joint le cri :

— Arrêtez, mon père !

Il se retourna vivement, les sourcils froncés, et aperçut Jane, dont la pâleur contrastait avec la coloration alcoolique répandue sur le visage de Robert.

Peu habitué à brusquer la « sainte du logis, » il reprit sur-le-champ son expression ordinaire de tendresse et dit en dégageant son bras de l'étreinte filiale :

— Ah ! ah ! c'est toi, mignonne. Tu as peur d'une chose que tu ne comprends pas. Je te l'expliquerai. Laisse-nous finir notre affaire.

Il ne s'attendait point à une résistance.

Jane, toute frémissante, reprit le bras de son père, et, les narines dilatées, les yeux pleins de larmes, elle s'écria :

— Oh ! par pitié, oh ! pour l'amour du ciel, ne faites pas cela, mon père, ne faites pas cela ! Ce sera un grand malheur, je vous le prédis, je le sens. Un grand malheur assurément. Vous n'avez pas assez réfléchi. Vous dites que je ne comprends pas ?... Pardon, mon bon père, j'ai bien compris. On vous entraîne hors du pays, on vous promet la richesse, on vous éblouit... Ce sera un grand malheur !

Donaghoe se contenta de lever légèrement les épaules et contracta ironiquement ses lèvres.

Quant à Robert, l'opposition imprévue qu'il rencontrait devant de nombreux témoins, son orgueil de chef de famille, son goût pour l'autorité absolue, l'irritation que ses souffrances avaient mise en lui, tout concourait à produire dans son cœur un violent accès de colère. Il fronça de nouveau les sourcils, ferma les poings et dit d'une voix saccadée :

— Que me veux-tu, malheureuse folle?... As-tu donc oublié déjà que la fabrique est fermée, que je suis jeté dehors avec une foule d'honnêtes gens, que le travail nous est interdit? Serons-nous cultivateurs? pas d'argent pour affermer des terres, pas d'instruments, pas de bestiaux. Serons-nous pêcheurs? pas d'argent pour acheter une barque et la gréer. Rien, rien à faire ! et, en attendant que la Providence s'occupe de nous, il faut manger, il faut faire vivre les enfants, qui ce soir voudront souper. Réponds à cela, réponds, insensée!... Tu ne le pourrais pas!...

Autant que ses sanglots lui permettaient de parler, Jane dit d'un accent de supplication :

— Écoutez - moi avec patience, mon cher père.....

Dans un paroxysme de fureur, Robert Naul leva le bras.

Jane tomba à genoux, la tête baissée, et attendit.....

Mais le bras de Robert resta suspendu.

Oh! frapper une fille comme celle-là, un ange qui avait si dignement remplacé sa mère, c'eût été impossible.

Personne n'eut besoin de retenir Robert, car de lui-même il sentit l'énormité de son geste, et il ne releva sa fille que pour la presser sur son cœur.

— Tu avais à parler, dit-il; parle, je dois t'écouter.

— Ah! ma foi, expliquez-vous à votre aise! s'écria Donaghoe; nous n'avons pas de temps à perdre. Vous vous déciderez tout à l'heure... Je passe aux autres. Approchez, camarades.

Par un de ces revirements étranges qui se font si souvent dans l'opinion de la foule, l'hésitation, la défiance, parurent avoir succédé à l'entraînement, à l'enthousiasme. Ce fut d'un pas lent que cinq ou six hommes vinrent successivement donner leur nom. Donaghoe restait impassible, mais il avait fait un signe aux matelots, et ceux-ci, découvrant de nouveaux trésors de spiritueux, se mirent en devoir de procéder à une répartition plus abondante.

Cependant Jane, ayant emmené son père un peu à l'écart, lui fit très-doucement ses objections.

— Vous êtes découragé, je conçois cela ; il est certain que notre position est cruelle. Mais rien ne vous dit que la fabrique doive rester longtemps fermée. D'ici là, nous trouverons bien quelque moyen de travailler. Avec du courage on utilise ses bras. Si vous étiez seul, vous auriez le droit de courir les hasards de l'Océan ; mais prenez garde que vous avez des enfants et que c'est grave de les jeter dans les périls d'une longue traversée. Vous êtes responsable devant Dieu de la vie que vous leur avez donnée.

— Sans doute, Jane, j'en suis responsable.
Mais s'ils la perdaient, cette vie, dans les hor-
reurs de la faim...

— Non, mon père, ne craignez pas cela;
j'irais plutôt mendier.

Robert ne put réprimer un ricanement.

— C'est cela! ma Jane, une mendiante! et
auprès de qui mendier quand la misère est générale?...

— Mais non, mon père, la misère n'est pas
générale; il y a de bons riches!

— De bons riches!

— Il y en a; notamment sir Kildare.

— Qui est toujours absent!

— Sa fille, miss Lucy, a été excellente à mon
égard; elle a compassion de nous...

— Compassion!...

— Pardon; elle s'intéresse à nous. Elle voulait m'emmener dans ses voyages en qualité de
femme de chambre. Oh! j'ai refusé à cause de
vous et des enfants!

Loin d'être touché de l'offre, Robert s'en
offensa.

— C'est cela, dit-il amèrement, on vous des-

linait au rôle de femme de chambre ou de servante! Telle est l'amitié des riches. Ils ne nous
donnent qu'en nous humiliant.

— Encore une fois, j'ai refusé, mon père;
mais ce n'a pas été par un orgueil déplacé. Seulement, j'ai mesuré mes devoirs et j'ai senti que
ma place était auprès de vous et de nos orphelins.

— Merci, Jane. Je n'ai jamais douté de toi,
et, si quelqu'un était venu me dire : « Elle a
accepté la proposition de la fille du landlord, »
j'eusse répondu : « C'est une imposture. » A
présent, écoute-moi, mon enfant chérie. Il ne
faut pas se repaître de chimères : je sais trop
bien que la besogne ne me sera point rendue,
au moins d'ici à longtemps. Nos efforts, outre
qu'ils seraient très-pénibles, deviendraient bientôt impuissants; je ne veux pas obtenir par mon
autorité la chose que je désire et qui, crois-le
bien, est la seule raisonnable. Je la demande à
la confiance, à la tendresse. Le ciel me dit que
nous trouverons enfin, à l'étranger, le bien-être
et le calme. C'est là que j'aurais du courage!...
Ainsi, Jane, ne mets plus empêchement à un

vœu légitime. Retourne-toi ; vois Michaël Jackson, le hardi pêcheur, ce brave garçon que, dans ma pensée, j'ai souvent considéré comme mon futur gendre... Oh ! ne soupire pas... C'est encore bien éloigné ; — Michaël est l'un des plus ardents pour les projets de départ. Tiens, on lui présente la plume et il m'interroge du regard.

Il est à présumer que Michaël rencontra aussi le regard de Jane et qu'il y crut lire le blâme ; car il rendit la plume à Donaghoe, et dit froidement :

— Attendez, j'ai besoin de réfléchir un peu.

Au même instant Steevens arrivait à la hâte, et criait d'une voix essoufflée :

— Mes amis, mes amis, est-il temps encore de signer?

— Sans doute, dit Donaghoe, allant au-devant de lui avec empressement.

— Quoi ! dit Jane à l'ex-tenancier, vous aussi, Steevens, vous allez faire cette folie !

— Par mon patron ! s'écria-t-il, les temps sont trop durs ; je suis désespéré ; on m'a donné une misère de ma vache. Il faut que je parte,

Jane, il faut que je parte. J'espère bien d'ailleurs que vous serez du voyage...

— Si mon père l'exige.

Steevens consulta d'un coup d'œil rapide la physionomie de Robert Naul, puis il saisit la plume et écrivit son nom.

Jackson s'était approché d'un air sombre et avait regardé par-dessus l'épaule de Steevens.

— A mon tour! dit-il brusquement. Vous n'aurez pas seul la satisfaction de voyager, mon beau planteur de pommes de terre.

Et il signa.

—Tiens, dit Steevens, je vous croyais en mer occupé à tendre vos filets.

— Soyez tranquille, mes filets sont bien solides, et il y a tel poisson qui, si je l'y prends, ne s'en dépêtrera pas facilement.

— Il y a tel pêcheur qui ne lèverait pas si haut la tête si je laissais tomber sur son bonnet de laine le bout de mon bâton.

— C'est ce que je serais curieux de voir, dit Michaël en croisant ses bras sur sa robuste poitrine.

Au cri de Jane, les assistants se jetèrent entre les deux champions, que l'on eut quelque peine à contenir. Robert profita du trouble de la jeune fille pour la contraindre à rentrer avec les enfants, et ensuite, avec l'impétuosité aveugle d'un homme qui ne veut pas réfléchir, il revint signer le pacte.

Un hourra général apprit à Jane que tout était fini.

Elle se pressa en pleurant contre le sein de sa grand'mère.

La jeune fille avait trouvé la vieille Kate immobile sur son siége et ne filant plus.

— Ah! chère, chère mère! dit Jane, vous savez la fâcheuse nouvelle? Mon père veut absolument partir pour les pays éloignés, là-bas, là-bas, de l'autre côté de l'Océan. Tous l'y engagent. Il y a un méchant homme qui l'y excite... Tenez, il vient de signer! Entendez-vous ces cris de joie?... Oh! c'est affreux!

— Je savais tout, mon enfant, répondit la vieille; à travers ces vitres j'avais tout aperçu. Ce n'est pas la première fois d'ailleurs, depuis le commencement de ma longue — trop longue existence, — que je suis témoin de pareilles

scènes. Ah! combien j'en ai vu partir de ces
malheureux qui ne sont jamais revenus!...
Quelques-uns, sans doute, ont fait fortune et
sont devenus des gens puissants et considérés ;
mais bien d'autres ont succombé à la pauvreté
et aux maladies, et on l'a ignoré au pays, et
personne n'a pu même pleurer sur eux. Oh!
oui, j'avais tout aperçu. Voilà deux heures que
je ne file plus. J'avais tant de chagrin, mes
vieilles mains étaient tremblantes. O ma Jane,
j'ai trop vécu !

—Non, chère mère ! s'écria la jeune fille en
s'agenouillant pieusement devant Kate, il ne
faut pas vous plaindre de la vie, puisque vous
êtes aimée.

—Aimée !... oui, tu m'aimes, toi. Tu m'es
restée comme une image vivante de notre ange
qui n'est plus ; tant que j'ai été forte, je t'ai soi-
gnée et tu t'en souviens, car tu te souviens de
tout, ta mémoire est si *bonne!*... A ton tour,
quand les années te sont venues, tu t'es faite
forte pour nous tous, et, malgré la pauvreté que
tu cachais si bien, malgré les regrets que tu
adoucissais, nous avons eu ensemble des heures

de calme et des moments de sourire... Ah ! nous n'avons pas assez savouré ces moments où l'on semble oublier, où l'on cesse un peu de souffrir. Je n'avais pas cru que nous pussions un jour être plus à plaindre que nous ne l'étions et que nous serions forcées de regretter notre misère... Le méchant homme est là qui les trompe tous et les entraîne à leur perte !

— Pardon, interrompit Jane ; peut-être jugez-vous trop sévèrement Peters Donaghoe. Il n'a pas dessein, je pense, de susciter du mal aux pauvres colons : seulement, son intérêt est d'en emmener le plus possible.

— Ah ! si l'on voulait pourtant, dit la vieille en agitant ses mains tremblantes ; si l'on voulait... cette terre d'Irlande pourrait nourrir tous ses enfants.

— Vous savez bien, mère, que c'est impossible maintenant. Elle ne peut que leur donner une tombe.

La vieille inclina son front ridé ; intérieurement elle acceptait un ordre de choses fatal. Elle se mit à murmurer des paroles inintelligibles.

Le bruit avait cessé dehors ; la foule se dispersait. L'ombre du soir commençait à tomber, et le temps était aussi splendide qu'il avait été triste le matin.

Un silence profond régnait dans la chaumière. Jane s'occupait du maigre souper de ses frères et sœurs, qui, assis en bon ordre, attendaient impatiemment leur écuelle de légumes.

La porte s'ouvrit : Robert Naul parut. Il était sombre et alla s'asseoir sous le manteau de la haute cheminée. Là, il tira de sa poche une certaine somme d'argent et dit en étendant sa main toute remplie de métal :

—Jane, nous partons dans deux jours. D'ici là vous irez à la provision. Nous aurons à acheter bien des choses. Il faudra bien nourrir les petits pour qu'ils aient la force de se mettre en route. Je me charge du soin de choisir les instruments de culture.

— Ainsi c'est fait, mon père?

— Oui, répondit-il.

Et il soupira.

Mais avec un geste énergique il reprit :

— Quand nous nous affligerions, à quoi bon? Ce n'est pas sans quelque effroi qu'on change de

sort, et l'on peut avec une crainte naturelle envisager, pour ceux qu'on aime, les périls d'une
traversée. Mais la faim m'a vaincu ! s'écria-t-il
en se levant brusquement.

— Robin !... appela la vieille.

— Qu'est-ce ? dit-il d'une voix troublée.

— Avez-vous songé que la tombe de votre
femme resterait ici ? car ceux qui s'en vont
n'emportent pas leurs morts.

— J'y ai songé, répondit Robert les larmes
aux yeux, et cette idée a été pour beaucoup dans
mon hésitation. Mais ma pauvre Mary ne m'a pas
commandé de laisser ces chers petits mourir de
faim !

— Vous avez raison, Robin. Seulement,
comme il faut que quelqu'un garde la tombe
sacrée, c'est moi qui aurai ce soin.

— Mère, mère, que dites-vous ?... Est-ce que
j'abandonnerais votre vieillesse ?...

— Et moi, est-ce que j'abandonnerais la
tombe de Mary ! Ah ! Robin, vous ignorez ce que
c'est qu'une tendresse qui a survécu à l'objet
adoré. Si j'ai consenti à vivre depuis que notre
ange nous a quittés, ç'a été en souvenir d'elle,

pour penser à elle à toutes les minutes du jour
et prier pour elle. Quand on me voit, dans mon
coin habituel, filer silencieuse, on ne sait pas
que je cause avec Mary, que je l'interroge, que
je l'écoute ; si le dimanche, appuyée sur mon
bâton et sur le bras de Jane, je me traîne dehors, c'est pour aller, au sortir de la messe,
jusqu'au tertre vert sous lequel dort ma fille.
Non, non, Robin, jamais je ne m'éloignerai
d'ici. Vous n'avez pas le droit de me comman-
der cette impiété. Au jour où je serai délivrée
de toute peine, ma place sera à côté de Mary. Ce
sera la récompense de ce que j'aurai souffert.
Vous tous, vous avez de la force, de la jeunesse,
de l'avenir : faites-vous une vie meilleure, mes
enfants ; mais moi, j'ai vécu du passé et je ne
me séparerai point du passé.

Jane embrassa en pleurant les genoux de sa
grand'mère.

—O chère Kate ! s'écria-t-elle, croyez-vous
que je puisse vous abandonner ainsi ? Est-ce
que ce ne serait pas un crime ? Est-ce que ma
mère ne me maudirait pas ?

La vieille répondit en lui indiquant du geste

les cinq enfants qui se taisaient et avaient une attitude morne.

— Ah ! je vous comprends, dit Jane ; ceux-là ont besoin d'une mère ; mais ma grand'mère a besoin d'une fille !

— Votre résolution est-elle inébranlable? demanda Robert Naul d'une voix douce et triste.

— Inébranlable, Robin. Je ne vous blâme pas si vous voulez remplir un devoir de père; mais j'ai aussi mon devoir à accomplir.

— Songez y donc... vous ne pouvez vivre seule, sans secours...

— Dieu y pourvoira. D'ailleurs, je n'en ai plus pour longtemps ; ce dernier coup m'achèvera.

Robert, désespéré, éprouva ce que ressentent les hommes énergiques lorsqu'ils sont terrassés par la violence de leurs émotions. Il fondit en larmes et laissa tomber sa tête sur la table en étendant ses mains crispées.

Les enfants se levèrent et l'entourèrent à l'envi...

En ce moment, trois coups sonores furent

frappés à la porte, qui fut ouverte après une minute d'attente.

Un domestique en petite livrée parut et demanda :

— N'est-ce pas ici la demeure de M. Naul ?

Jane tressaillit ; elle avait reconnu le groom de Lucy. Prévenant son père, qui était hors d'état de répondre, elle dit :

— C'est ici.

— Ah ! c'est vous, miss Jane, dit le valet avec une certaine familiarité. Ma maîtresse n'a pas perdu de temps pour vous écrire, allez ! je vous apporte en toute hâte une lettre qu'elle m'a bien recommandée...

Il tendit la lettre à Jane et alla sans façon s'asseoir dans un coin, tandis que les enfants venaient l'un après l'autre admirer le galon d'or de son collet.

— Je vous remercie, mon ami, dit Robert, qui, par fierté, s'était hâté de reprendre son sang-froid. Voulez-vous accepter un verre de whisky ?... Si pauvres que nous soyons, nous pouvons encore nous montrer hospitaliers.

— Mille grâces, répondit le groom, à qui

sans doute Lucy avait fait d'avance ses recom-
mandations.

— Il ajouta en souriant et relevant son manteau de caoutchouc :

— C'est plutôt moi, je pense, qui vous apporte quelques douceurs. Voici une boîte que
milord m'a remise pour vous et que j'avais
soigneusement attachée au pommeau de ma
selle. Pourvu qu'il n'y ait rien d'endommagé...

Robert inclina la tête ; il prit la boîte et l'ouvrit nonchalamment. Elle contenait en effet
des provisions que le pauvre homme regarda
avec indifférence. Cependant il était sur le point
de formuler quelques paroles de gratitude quand
Jane, qui, après avoir allumé une chandelle de
résine, avait parcouru la lettre, jeta un cri et fit
un signe de croix.

— Qu'y a-t-il? dirent à la fois Robert et
Kate.

— O mon Dieu! mon Dieu!... ce serait le
salut, ce serait la délivrance!... O mon Dieu!
c'est votre providence qui se montre!... Écoutez, mon père, écoutez!

« Ma chère enfant,

« J'ai apprécié les motifs de votre refus et je n'en ai été nullement choquée. Mon père a partagé ma manière de voir; mais il a tout de suite trouvé bien mieux que moi le moyen de vous être utile. Nous allons partir, vous le savez; en notre absence, qui sera longue, venez tous occuper à Lilmore le pavillon d'entrée, lequel est très-spacieux et très-confortable. Votre père exercera les fonctions de gardien principal, et le salaire de cette place lui permettra d'élever très-convenablement sa petite famille.

« J'espère que cette proposition vous sera agréable, et je suis heureuse que mon père ait eu cette bonne idée.

« LUCY KILDARE. »

En entendant cette lecture, Robert, qui, trois heures plus tôt, eût bondi de joie, fut saisi d'une véritable consternation.

— Ah! trop tard! trop tard! murmura-t-il; c'est donc toujours ainsi!... trop tard!

— Que voulez-vous dire? demanda le valet.

— Hélas! mon brave homme, je suis lié par ma promesse, par ma signature, envers Donaghoe, l'agent d'une compagnie puissante qui organise les émigrations... Oui, aujourd'hui même j'ai signé, et après-demain nous partons pour l'Océanie.

— Non, mon père! s'écria Jane avec toute la véhémence de la tendresse, c'est impossible, c'est impossible! Voyez donc ce qui vous est offert! Et ma grand'mère qui ne nous quitterait pas!... Sir Kildare est notre bienfaiteur; nous lui devons le respect et la reconnaissance. Qu'est-ce que votre Donaghoe?...

— Il a ma signature, malheureuse enfant! Que je l'estime ou non, je suis lié envers lui. J'ai reçu son argent maudit!...

— Eh bien, nous n'avons pas signé, nous!...

Robert répondit avec un rire amer :

— Il me dira qu'on ne consulte pas des mineurs et que le père de famille est le maître.

— Que faire, mon Dieu, que faire?... murmura Jane.

Kate intervint avec son autorité d'aïeule :

— Ce n'est pas, dit-elle, peu de chose que cet

engagement, et il faut considérer que Donaghoe
est entêté et rusé. Il y va de l'honneur de Robin.
Attendez, mes enfants; ne vous livrez pas au
chagrin, mais réfléchissez. Demain matin peut-
être trouverons-nous un parti sage. Pour le
moment, remerciez bien le généreux lord,
et laissez ce jeune homme s'en retourner; car
la nuit est noire, et il pourrait s'égarer en
route.

— Soyez tranquille, bonne dame, dit le
groom; je connais parfaitement le pays, et mon
cheval le connaît encore mieux que moi.

Il emporta des remercîments vagues, et laissa
un profond chagrin là où il eût dû ne causer
que de la joie.

— Gardien principal du château de Lilmore!...
répétait sans cesse Robert Naul. Ah! fatale signature!...

On résolut de suivre le conseil de Kate et
d'aller demander un peu de calme au sommeil.
Il se passa une grande heure avant que toute la
besogne de Jane fût achevée.

Une inspiration avait traversé la tête de la
jeune fille.

C'était d'aller prendre les conseils du meilleur ami de la famille. Malheureusement elle ne pouvait invoquer les lumières de l'abbé Reynold, le digne curé du village, en ce moment très-gravement malade. Mais Tom Dingle lui restait, Tom Dingle, qui était le dévouement en personne.

Jane avait besoin d'une heure seulement. Elle se dit que la famille, une fois bien endormie, ne s'apercevrait pas de son absence, et que peut-être l'emploi de cette heure serait précieux pour l'avenir. Incapable de se laisser dominer par une vaine terreur, elle se glissa sur la pointe du pied jusqu'à la porte de la chaumière et elle allait l'ouvrir lorsqu'elle entendit près d'elle un grondement sourd. Elle tressaillit, mais se rassura aussitôt. C'était le chien.

— Trim! murmura-t-elle de sa voix douce.

Le fidèle animal vint lui lécher les mains. Jane ouvrit avec précaution et sentit que Trim passait à côté d'elle.

— Allons, dit-elle en s'éloignant d'un pas rapide, viens, mon pauvre compagnon; tu ne sais pas combien ta maîtresse est malheureuse!...

IV

La nuit était belle ; les étoiles brillaient d'un
éclat admirable ; tout le long des sentiers étroits
les haies vives formaient des guirlandes de fleurs
qui répandaient un parfum pénétrant. Par intervalles, la brise de la mer apportait l'écho du
fracas des vagues jusqu'au moment où Jane,
coupant par la droite et s'enfonçant dans le pays,
cessa d'entendre ce bruit majestueux. Elle atteignit un âpre défilé taillé entre deux murailles
de roches grisâtres tellement symétriques et bien
ajustées, qu'on eût cru y voir l'œuvre des géants
d'autrefois.

La pauvre enfant soupira ; l'image du pays se dressa devant ses yeux.

— Ah ! se dit Jane, notre Irlande est pourtant bien belle ! Elle nous attache par tant de liens ! Ses campagnes, sa mer, ses rochers, ses lacs, tout nous parle, tout nous presse de rester. Ne sont-ils pas bien ingrats, ceux qui songent à s'éloigner ?

Elle mesura par la pensée la gravité du contrat que Robert avait signé, et elle frémit, comme si elle sentait Donaghoe sur ses talons.

Ce n'était pas Donaghoe qui la suivait, mais bien le bon Trim ; et Trim semblait enfoncé dans des réflexions mélancoliques, car ses oreilles et sa queue étaient basses.

A mesure que Jane approchait du but, elle éprouvait plus d'impatience et pressait davantage le pas, sans s'apercevoir qu'elle était presque hors d'haleine. Il fallait toute sa détermination, tout son dévouement, pour l'entraîner dans une région déserte, inculte, presque sauvage, où les bruyères et les cailloux avaient remplacé les arbres et la terre végétale. Elle côtoya un *lough* dont les eaux s'écoulaient en cascade avec un fracas horrible, et, malgré elle, Jane songea en frissonnant à ce qu'on lui avait raconté des *pookas*, génies puissants qui habitent et défendent les lacs, les cascades et les fontaines. Tous les contes faits à son enfance lui revenaient à la mémoire.

Sur une petite éminence, presque entourée par une large mare croupissante, se trouvait une misérable masure au toit de chaume. Telle était l'habitation de l'honnête Tom Dingle. C'est là qu'il vivait seul, exempt de soucis, mais privé des joies de la famille.

Au moment où elle atteignait le terme de sa course nocturne, Jane éprouva la crainte de ne pouvoir réussir à se faire entendre du vieux batelier; car si, étant éveillé, il avait l'oreille un peu dure, il devait être terriblement sourd durant son sommeil.

Jane s'approcha de la fenêtre basse et frappa au carreau. Ainsi qu'elle l'avait trop bien prévu, il ne lui fut fait aucune réponse.

Elle frappa plus fort: peine inutile! Une sueur froide vint mouiller le front de la pauvre fille.

Trim eut l'instinct de se mettre de la partie;
il entonna toutes les gammes d'aboiements et de
hurlements. Mauvaise inspiration! car ces sons
lamentables eussent plutôt produit une crainte
superstitieuse dans l'esprit de Tom Dingle.

Tom Dingle, en effet, venait de s'éveiller au
bruit continu que faisait le chien. Il s'était dressé
sur son séant, mais aussitôt la pensée lui était venue qu'un *pooka* venait le visiter ou que le Chasseur noir rôdait par les bruyères avec sa meute,
et, s'étant dévotement signé, notre homme n'a-
vait rien trouvé de mieux que de se retourner sur
son traversin de mousse et de refermer ses yeux.

Cependant Jane ne pouvait pas avoir commencé une telle entreprise pour s'arrêter à mi-
chemin ; coûte que coûte, il fallait qu'elle parlât
à son vieil ami. Elle s'arma d'une grosse pierre
et s'en servit pour battre la porte à coups redou-
blés, joignant à ce bruit sinistre sa douce voix,
qui appelait par intervalles : « Monsieur Tom
Dingle! c'est moi, votre Jane! »

Le bonhomme n'était pas si sourd, qu'il ne
finît par distinguer quelque chose dans ce ta-
page. Il se dressa de nouveau, écouta cette fois

avec toute l'attention possible et s'écria, répon-
dant à son propre étonnement :

« Voilà qui est extraordinaire ! Jane ici, à
cette heure ! Sûrement elle ne sera pas venue
seule. Robert doit l'avoir accompagnée. Non, je
ne me trompe pas, c'est sa voix qui m'appelle...
Ah ! c'est extraordinaire !... »

Et en effet il pouvait parfaitement entendre :

« Monsieur Tom Dingle ! c'est moi, votre
Jane ! »

Notre homme n'était pas persuadé qu'il n'y
eût point là-dessous quelque sortilége de fées
mauvaises ou de nains malicieux. Tout à coup
il trembla de tous ses membres en pensant
que les *banshees* ou âmes en peine avaient l'habitude de prendre l'apparence et la voix des
vivants pour appeler les malheureux auxquels
leur visite présageait une mort prochaine. Toutefois il eut bientôt honte de sa frayeur : « Un
vieux soldat ! se dit-il. Fi donc !... »

Il s'élança hors de son lit, se revêtit d'une
houppelande en loques qui lui servait de cou-
vre-pied, et courut ouvrir sa fenêtre, qui était
juste de la largeur de sa tête. Trim hurla de

plus belle à l'aspect de cette figure étrange.

— Jane, est-ce bien vous? demanda le batelier, ou n'êtes-vous qu'une pauvre *banshee* qui vient réclamer des prières et m'annoncer la fin de mes fatigues?

Heureuse d'avoir réussi enfin à vaincre le sommeil profond du vieillard, Jane fit taire le chien et répondit :

— Moi, une *banshee!* Oh! non, cher monsieur Dingle. Je ne suis que votre Jane.

— Alors c'est inouï. Jane ici, à cette heure, et toute seule! Ah! mais quelle imprudence! quelle imprudence! Voilà bien les fillettes! Elle serait capable de se promener de nuit sur la *Chaussée des géants !*

— Eh! mon Dieu, mon bon monsieur, je ne crois pas avoir commis une grave imprudence. Que voulez-vous qui m'arrive? Tout le monde me connaît et m'aime; la fille de Robert Naul peut aller partout sans craindre une insulte. Et puis, n'ai-je pas avec moi mon chien, qui a voulu me suivre?

Trim sembla deviner qu'on parlait de lui, car il poussa un aboiement.

— Enfin, reprit Dingle, c'est affaire à vous, mon enfant, et vous savez ce qui convient; vous êtes déjà si raisonnable!

— Ah! cher monsieur, dit vivement Jane, pour que je sois venue ainsi, il a fallu un grand motif.

— Vous me faites peur!... s'écria l'honnête Dingle. Le papa serait-il malade? auriez-vous besoin de mon assistance?

— Ce n'est pas cela, non, ce n'est pas cela, et peut-être est-ce pis encore.

— Pis encore! répéta le brave homme, qui frissonnait, à l'air de la nuit, dans sa houppelande délabrée.

— Hélas! il est arrivé bien des choses depuis le moment où vous m'avez quittée...

— Eh! quelles choses ont donc pu arriver en si peu de temps?

— Vous ne savez donc rien, monsieur Dingle?

— Que voulez-vous que je sache? Je n'ai vu âme qui vive, et j'ai passé les dernières heures du jour à raccommoder mes filets. Mais au son de votre voix je reconnais, mon enfant, que vous êtes triste et abattue. Contez-moi vite votre peine.

— Ma peine est de celles qui tuent; j'étouf-
fais, je suffoquais ; il me fallait trouver un ami
tel que vous. Je suis partie, et je remercie Dieu
que vous m'ayez entendue.

— Qu'y a-t-il donc, par saint Patrick !

— Ce qu'il y a !... Dans deux jours vous ne
verrez plus Robert Naul, ni votre Jane, ni aucun
des habitants du village de Bray.

— Impossible... Je recommence à croire
qu'une *banshee* se moque de moi. Jane, la véritable Jane ne me dirait pas de ces folies. Dans
deux jours je ne verrais plus personne du
pays!... Et pourquoi? Et comment?

— Pourquoi, monsieur Dingle? parce que les
gens du village, étant désespérés à cause de leur
misère, ont prêté l'oreille à la première proposition qui leur a été faite. Comment? parce qu'il
s'est présenté un homme hardi nommé Donaghoe.....

— Donaghoe! miséricorde! Je le connais...
C'est l'agent le plus actif pour l'émigration.

— Eh bien, cher monsieur Dingle, il suffit
que je vous aie dit ce nom. Le reste vous est
connu dès à présent.

—Bonté divine ! Donaghoe serait venu à Bray pour enrôler des colons !...

— Comme vous dites. Il avait de l'or, il versait des liqueurs, il promettait la prospérité dans les pays éloignés... tandis que nous n'avons ici que des peines : bientôt chacun a été convaincu ; on a signé...

— Et Robin ?

— Il a signé comme les autres.

—C'est grave, mon enfant, et je vous regretterai bien... Mais n'oubliez pas que votre père n'avait plus de ressources.

— Hélas! une heure après, le ciel lui en envoyait. Sir Kildare a daigné lui proposer... et c'est miss Lucy qui a écrit... lui proposer la place de gardien principal du château de Lilmore avec des gages qui nous suffiraient pour élever toute la petite famille...

Le vieux batelier répéta avec un ton d'extase :

— La place de gardien principal du château de Lilmore!... Ah! l'honorable seigneur !

— Vous m'avez écoutée attentivement, cher monsieur Dingle, et je vous en remercie. J'ai grand besoin de vos bons conseils, car j'ai beau-

coup de peine au cœur. Penser que nous pouvions être si heureux, si tranquilles du moins
(le bonheur n'est pas possible depuis que ma
pauvre mère n'existe plus!) ; penser que mon
père n'aurait plus connu les soucis du pain
quotidien, et que le voilà lié envers l'homme
qui emmène les expatriés!... Mon Dieu! que
faire? Ah! trouvez-moi un moyen d'échapper
à une si cruelle nécessité.

— Attendez, dit l'honnête Dingle; je vais
allumer ma résine, m'ajuster comme il convient
et sortir pour causer plus facilement avec
vous. Asseyez-vous donc sur mon petit banc de
pierre.

Jane obéit. Trim s'accroupit à ses pieds. L'air
fraîchissait de plus en plus; mais la jeune fille,
toute à ses pensées, ne s'apercevait pas du froid
et de la tristesse de la nuit. Une faible clarté
jaillit à travers l'étroite fenêtre. Au bout de
quelques instants, Tom parut, ayant eu soin
d'éteindre sa chandelle, et il vint s'asseoir sur
le banc, à côté de sa gentille amie.

— Je vais, lui dit-il, vous affliger sans doute;
mais je dois être sincère comme vous l'avez été,

et vous allez savoir en quoi la situation est dangereuse.

— Du danger? s'écria Jane. Je n'en vois pas. Je ne vois qu'un embarras, un engagement difficile à rompre...

— Si ce n'était que cela!... on rendrait l'argent et tout serait fini. Mais j'ai parlé de dangers, et je ne retire pas le mot.

— Expliquez-vous, de grâce ! murmura la jeune fille, les yeux pleins de larmes et le cœur palpitant.

— Ne pleurez pas, Jane. J'invoque ce courage dont vous avez fait preuve en venant ici par les rochers, le lac et les bruyères, sans craindre les *pookas*, ni les *banshees*, ni les *clericaunes* [1]. Avez - vous entendu parler du ribbonisme?

— A peine, par mon père et quelques voisins ; mais on baissait la voix devant moi.

Les *ribbon-men* sont une association terrible et mystérieuse que la justice a rarement pu atteindre. Ils se chargent des vengeances du

[1] Nains malfaisants, dans les croyances superstitieuses des paysans irlandais.

peuple contre les mauvais propriétaires et leurs intendants. Si un tenancier a été expulsé violemment, faute d'avoir pu payer ses fermages, un *ribbon-man* arrive et frappe dans l'ombre ceux qui ont été désignés à son poignard. Si quelque Irlandais paraît favorable aux intérêts des Anglais ; s'il entre ostensiblement dans leur police et dénonce des déprédations commises par un compatriote, gare à lui ! A un moment donné, il peut être frappé par les *ribbon-men*. Il y a eu des maisons saccagées par eux et où tout a péri...

— Quel rapport cela a-t-il avec nous? demanda impatiemment Jane. Nous n'avons dénoncé personne ; nous ne sommes pas avec les mauvais propriétaires.

— Hélas ! ma fille, c'est qu'il paraît que Donaghoe appartient au ribbonisme et qu'il est même un des chefs de la bande secrète !...

Jane tressaillit. Elle avait compris.

— L'explication est toute simple, poursuivit Tom Dingle. Je suppose que votre père refuse de remplir le contrat qu'il a signé et donne

pour prétexte l'emploi honorable qui lui est
offert par sir Kildare. Évidemment son exemple
fera échouer l'expédition, vu que Robert Naul
exerce beaucoup d'influence sur ses voisins. Lui
ne partant pas, personne ne voudra plus partir.
Eh bien, Donaghoe furieux ne manquera pas,
dans les conciliabules, d'accuser Robert, de le
représenter comme un traître, comme un faux
frère, peut-être même d'invoquer contre lui la
justice du poignard...

Ici la jeune fille jeta un cri, et se couvrit le
visage de ses mains.

— Ce ne serait pas tout de suite, mais plus
tard, dans six mois, dans un an, que sais-je!
lorsque les soupçons seraient moins faciles à
éveiller... Qu'auriez-vous gagné à dissuader
votre père de partir? Pour son bien présent
vous l'exposeriez au danger futur, à sa perte
même. Ah! Jane, il est des sacrifices qu'il faut
savoir accomplir. Peut-être *là-bas* serez-vous
heureux. Il y a des colons qui ont réussi. Jamais
Tom Dingle ne vous oubliera... Mais il ne vous
reverra plus !

— Allons, dit Jane se levant avec résolution,

je ne veux pas avoir à me reprocher de préférer mon pays au salut de mon père. Cher monsieur·Dingle, je vous lègue notre pauvre Kate...

— Elle reste? s'écria le vieux batelier.

— Est-ce qu'elle n'a pas ici un tombeau qui la retient?

— Ah! Jane, Jane, j'aurai soin de Kate, et, tant qu'elle pourra se traîner, je la conduirai chaque dimanche au tombeau de sa fille.

— Merci! Vous êtes un homme selon Dieu.

Elle fit quelques pas pour s'éloigner. Tom courut après elle.

— Attendez! Ne partez pas ainsi, Jane Je veux vous reconduire.

— Non, dit-elle, non, ce serait pour vous une fatigue.

— Pour moi qui marche si bien!

— Encore une fois, non; je n'ai pas peur. Trim me guidera au retour. Je vais m'en retourner au logis en pensant à notre conversation. Ah! monsieur Dingle, comme je suis triste!

— Courage, mon enfant, courage ! Vos bonnes œuvres vous seront comptées là-haut.

— Rentrez, dit-elle ; vous pourriez prendre froid. Au revoir !... mais ne tardez pas à venir, car nous n'y serions plus.

— Au revoir ! répéta le vieillard.

Il regagna sa porte, mais il resta sur le seuil à suivre Jane du regard jusqu'au moment où la jeune fille eut complétement disparu dans l'ombre.

Jamais Dingle n'avait mieux senti combien il était seul en ce monde. Il secoua les bras et rentra pour chercher sur sa rude couche un sommeil qu'il n'y devait plus trouver.

De son côté, Jane précipitait le pas, emportant une douleur aiguë. Ce n'était point les fantômes sinistres, les fées et les sorciers qui effrayaient son imagination, tandis que le vent agitait les bruyères et ridait l'eau du lac. Un spectre bien autrement terrible se dressait devant ses yeux : le *ribbonisme* semblait la précéder avec des cris discordants en brandissant un poignard. Oh ! comme elle se promettait de ne plus faire obstacle aux projets d'émigration!... « Peut-être là-bas, se disait-elle, trouverons-nous notre tombeau ; mais du moins nous mourrons tous ensemble! »

V

Le jour du départ est arrivé.

La plupart des chaumières sont fermées, ou bien les modestes héritages ont été cédés à vil prix par des pauvres à des acheteurs presque aussi pauvres qu'eux. Une population nouvelle va prendre la place de celle qui s'éloigne.

Sur des chariots mal attelés on a entassé les paquets, les provisions, les instruments de labourage, les outils.

Des files de paysans sillonnent les chemins. Ils vont, les uns la tête baissée, les autres avec l'exaltation irlandaise. Il y en a qui pleurent, il y en a qui jettent au vent de ces plaisanteries qu'on appelle *Irish bulls.*

A cette double physionomie on reconnaîtrait aisément ce grand enfant que les Anglais ont surnommé *Pat* [1]. Tous aiment leur patrie, si bien qu'ils ne la quittent que lorsqu'ils en sont chassés par la faim ; mais parmi eux il s'en trouve beaucoup qui se laissent emporter par une imagination ardente. Tel est ce peuple passionné pour la poésie, parlant par images et chez qui la harpe joua un si grand rôle.

Les harpes se taisent aujourd'hui ; elles ont été brisées ; mais la cornemuse fait retentir ses accents criards, ses modulations champêtres.

Deux joueurs de cornemuse, mandés par l'habile Donaghoe, se sont rendus à l'appel : ils marchent en avant du cortège. Hélas ! ils disent à leur manière les mélodies de Thomas Moore, et plus d'une larme répond à ces refrains de la patrie qui va disparaître.

Depuis que le pacte a été signé, elle n'a plus repris sa quenouille, la vieille Kate. Le corps

---

[1] Diminutif de Patrick.

incliné sur son bâton, elle se traîne avec le secours du bonhomme Dingle. La famille l'en-
toure : Robert est à sa droite, Jane à sa gauche,
les enfants en avant.

— Ah ! mes pauvres chéris, faut-il que vous
soyez perdus pour moi !... Mon Dieu ! mon
Dieu ! vous m'aviez donc réservé encore cette
épreuve !... N'était-ce pas assez de m'avoir pris
Mary ?... Je ne puis donc pas même mourir en
paix !...

Et la vieille se lamentait, et les sanglots de
Jane couvraient sa voix.

— Mes enfants, continua-t-elle, vous allez
dans un pays où vous manqueront peut-être les
secours religieux. Rappelez-vous toujours ce que
vous devez à votre Créateur. Ne laissez passer ni
un matin ni un soir sans faire votre prière.
C'est à cette condition seulement que Dieu favo-
risera votre travail.

Ils promirent tous de prier.

— Mon fils, dit Kate à Robert Naul, n'oubliez
jamais celle qui fut votre femme et qui vous
donna une nombreuse famille. Je ne vous parle
pas de moi, mais souvenez-vous de Mary.

7

— Ah! dit Robert, vous savez bien que son image ne m'a point quitté.

— Emportez-la, mon fils. Vous avez fait une grande faute en vendant votre liberté et celle de ces enfants; il n'y a que Mary qui puisse par ses instances obtenir votre pardon de Dieu.

— J'ai conquis la liberté, mère!... s'écria Robert avec un enthousiasme fébrile; elle est sur les plages fertiles que nous allons habiter; elle est en Océanie!...

Le vieux Tom Dingle hocha la tête. Il n'avait pas la force de prononcer une parole; sinon, il eût résumé sa pensée par le mot : « Enfin ! »

Le moment vint où la séparation dut s'accomplir. Kate ne pouvait plus se traîner.

Jane embrassa l'aïeule, la contempla, l'embrassa encore, puis s'agenouilla. Toute la famille suivit cet exemple.

Kate éleva les mains et bénit les pèlerins.

Et tout fut fini.

Tom Dingle n'avait pu que presser en silence la main de Jane et celle de Robert.

— Allons, allons, cria de loin Donaghoe, ne

perdons pas de temps au sentiment. Allons, l'arrière-garde !

Robert, comme honteux de manifester trop d'émotion, essuya ses larmes à la dérobée et donna le signal du pas accéléré.

Le voyage jusqu'à Dublin s'accomplit sans incident remarquable. L'habile Donaghoe avait mesuré les étapes de façon que les émigrants ne fissent que traverser la ville et pussent s'embarquer immédiatement. Il ne voulait point laisser aux regrets le loisir de se manifester.

Comme on allait entrer en ville, les hommes qui marchaient en tête parurent frappés d'un effroi qui gagna de proche en proche jusqu'à l'extrémité de la colonne.

Ils avaient aperçu, debout près de la première maison, un petit homme vêtu d'une sorte de pourpoint, d'une culotte de drap vert et d'un tablier de cuir.

— Un *cluricaune !* un *cluricaune !*

Ces mots circulèrent dans tous les rangs.

Le petit homme, qui semblait facétieux, salua très poliment avec son chapeau pointu, aux bords retroussés, et dit :

— Bonjour, mes enfants. Vous m'avez l'air d'aller bien loin d'ici. Il vous faudra de bonnes chaussures. Me voilà. Je suis cordonnier ambulant. Avez-vous quelque soulier à réparer?

Nul n'osa lui répondre; mais ils se disaient entre eux :

— Mauvais présage !... un *cluricaune !*

Donaghoe, qui, sur son poney, allait et venait sans cesse, s'aperçut de ce trouble superstitieux, en comprit la cause et n'hésita pas à courir sur le petit homme en faisant claquer son fouet et criant d'un ton rude :.

— Veux-tu bien laisser en repos ces braves gens, misérable avorton !

Il accompagna cette injonction d'un coup de fouet ; mais le nain sauta de côté avec une agilité surprenante, et il eut bientôt disparu derrière une haie.

Les émigrants furent persuadés qu'il était entré sous terre.

— Malheur à nous ! se disaient-ils tout bas; le *cluricaune* nous a jeté un sort !

Cependant cette impression pénible s'effaça aussitôt qu'apparut le vaste bâtiment qui, couvert de sa large voilure, se balançait dans le port. Le vaisseau, l'Océan, c'était comme l'avant-goût de la patrie nouvelle, c'était le vestibule de l'avenir.

Pendant l'embarquement, on joua l'hymne de saint Patrick.

— Hourrah ! hourrah ! plus de peines, plus de craintes ! L'espace est à nous, la fortune nous attend. Donaghoe nous a promis les riches récoltes, les ombrages épais, les grands fleuves où court la barque, les forêts profondes où retentit la hache. Hourrah ! hourrah ! Nous aurons du pain blanc tous les jours, et des oiseaux à l'aile de feu viendront becqueter nos miettes. Un intendant n'ouvrira plus notre porte d'un air arrogant. Chacun de nous aura son fusil pour parler en homme libre. — Adieu, terre natale, adieu, chérie. Un dernier baiser à tes rivages, à tes lacs... Ou plutôt nous t'emportons avec nous, puisque nous garderons ton souvenir. Si jamais nous te revoyons, ce sera pour te rapporter nos richesses ; si tu nous revois, c'est que nous serons heureux. Hourrah ! hourrah !

VI

A bord de l'*Erin* s'agitait une population pressée comme les grains de blé dans un sac. A l'avant, à l'arrière, sur le pont, partout des familles d'émigrants s'étaient groupées, se disputant un peu de place et vivant à leur manière. On pouvait là, comme dans la société, observer les nuances des caractères et la force des habitudes. Ainsi, tandis qu'il y avait des nonchalants qui se laissaient aller à dormir constamment et ne prenaient pas le moindre soin de propreté, et qu'il y avait également de ces imprévoyants qui gaspillent dès le matin la ration de tout le jour, il se trouvait des esprits tranquilles et honnêtes, des gens sobres et soigneux, qui savaient se respecter eux-mêmes en respectant les autres.

Jane, il faut le dire, n'avait pas été longue à attirer l'attention générale ; non qu'elle se préoccupât de l'estime accordée à ses vertus, ni qu'elle recherchât les louanges, cette misérable monnaie courante ; elle ne faisait certes' rien pour qu'on la remarquât ; mais elle devait nécessairement être remarquée. Il ne lui avait pas échappé que son père, livré à un certain regret du pays, malheureux de s'être si promptement et si fatalement lié, d'avoir été par conséquent obligé de refuser l'offre bienveillante de sir John Kildare, était plongé depuis le départ dans une sorte d'humeur noire, et elle avait compris qu'il y aurait imprudence à combattre en lui cette'disposition nostalgique que le temps seul et la nouveauté des objets pouvaient guérir. Le plaindre tout haut, c'eût été l'aigrir davantage. Elle étudiait son silence, et ce n'était pas directement qu'elle cherchait à le distraire ; car elle eût été mal venue et repoussée avec une sorte de méfiance. Pour cela elle se servait des enfants; elle employait leur gentillesse; elle les excitait à causer entre eux avec leurs petites voix argentines, et franchement il n'était pas besoin de les presser beaucoup pour inspirer leur babil. Il en était d'eux comme de ces oiseaux d'espèces diverses renfermés dans une volière : qu'il y en ait un qui commence à chanter, tous les autres suivent son exemple.

C'était donc un assaut de naïf bavardage entre Billy, Daniel, Mercy, Annette et Madge. Tout les étonnait. Heureux âge! ils n'avaient pas peur. Le mal de mer les avait même très-peu tourmentés. Ils jouaient, les innocents, comme s'ils étaient encore devant la porte de la chaumière.

Cependant Jane n'accordait pas des récréations sans fin; il y avait des heures consacrées au travail. Alors la sœur aînée tirait du sac de cuir qu'elle portait en bandoulière, et qui contenait toutes sortes de choses utiles, un livre de lectures graduées, et il fallait que tour à tour chacun des enfants prît sa leçon, à commencer par le plus savant pour finir à Madge, qui n'avait que cinq ans et épelait à peine. Ensuite elle mettait l'aiguille aux mains de Mercy et de Nanny, qui déjà s'entendaient à repriser un bas et ourler un mouchoir.

Le père ne faisait aucune observation; mais, assis à peu de distance sur une caisse, il oubliait parfois d'aspirer la fumée de sa pipe, et il regardait en dessous avec attendrissement les petits travailleurs. Quant à Steevens et Jackson, ils ne manquaient pas une occasion de faire les empressés auprès de Jane et de lui offrir leurs petits services. Mais elle était très-réservée avec eux.

Les repas étaient une affaire; là encore Jane avait trouvé moyen d'améliorer la situation de sa famille en se rendant utile aux passagers. Le coq (ou cuisinier du vaisseau), étant surchargé de besogne, fut heureux d'accepter la collaboration de Jane, qui avait une rare dextérité à assaisonner et cuire à point toute espèce de mets. Il en résulta que les rations devinrent plus abondantes et plus délicates pour Robert et ses enfants. Bientôt cette pauvre Jane fut comme l'âme du navire. Les malades, — car il y en avait toujours plusieurs dans cette foule, — les

malades se sentaient allégés quand la jeune
fille venait à leur chevet dire de ces bonnes
paroles dont elle avait le secret. Son regard,
sa voix, son onction, sa manière de recom-
mander la patience, tout cela était comme
un baume versé sur les plaies les plus doulou-
reuses. Elle savait répondre par un sourire
consolateur à l'œil languissant qui la cherchait;
elle savait ranimer l'espérance dans le cœur le
plus désolé.

Donaghoe lui-même l'appréciait, à son point
de vue il est vrai.

— Cette fillette-là, disait-il au capitaine Anderson, vaut mieux que tous les remèdes possibles pour combattre l'ennui et le scorbut.
Sans elle j'aurais pu perdre beaucoup de monde.
Il y avait des gens si délabrés parmi tous ces
malheureux! Mais elle distrait cette foule, elle
intéresse... on s'occupe d'elle... Enfin, je
rends grâce à ma bonne étoile qui m'a envoyé
cette perle.

Pauvre Jane! Ah! si l'on avait pu lire dans
sa pensée, peut-être eût-on été effrayé de voir
quel ravage le chagrin y produisait. Personne

plus qu'elle n'avait laissé sa mémoire attachée au rivage natal. Humble village de Bray,
chaumière indigente avec un petit carré de
terre, landes désertes, rochers grisâtres, *loughs*
aux bords escarpés et stériles, cimetière rus-
tique, modeste presbytère d'une église non
moins modeste, combien elle vous regrettait
et comme elle vous parlait dans cette solitude
intellectuelle qu'elle se créait au sein même de
sa famille !...

La famille ! hélas ! elle n'en avait qu'une por-
tion insuffisante dès qu'elle ne l'avait plus tout
entière. Désormais elle se considérait comme
doublement orpheline : après sa mère, que
Dieu lui avait reprise, les événements venaient
de lui prendre sa chère Catherine. Et c'était
peut-être ce dernier deuil qui l'affectait le plus :
car elle croyait que Mary jouissait du repos
sans fin, de la béatitude céleste, tandis que
l'isolement et le chagrin de sa vénérable grand'-
mère s'offraient à sa pensée avec les caractères
les plus douloureux. « Elle est seule, bien
seule... Elle pleure, et peut-être ses yeux s'é-
teindront-ils dans les larmes. Nous avons em-

porté sa consolation suprême. Chère Kate ! elle
appelle ses petits-enfants, et désormais rien ne
lui répond dans la chaumière déserte où il se
faisait tant de bruit. A-t-elle maintenant le courage de tenir sa quenouille?... Comme les heures
doivent lui paraître interminables!... »

Et l'*Erin* continuait de voguer, parfois tour-
mentée par le vent, parfois battue par la tempête. Longue et fatigante navigation dont les
périls s'accrurent lorsqu'on fut entré dans le
Grand Océan. Plusieurs émigrants avaient succombé aux fatigues du voyage, que leur consti-
tution, minée par les privations antérieures,
était impuissante à supporter. Donaghoe avait
eu soin de faire disparaître sans cérémonie les
cadavres des victimes de son expédition. Il sup-
putait un assez beau bénéfice sur le nombre
des survivants et l'exploitation que ceux-ci for-
meraient.

— Tout est bien, disait-il; allons, de la gaieté,
les fatigues passeront; bientôt le port apparaîtra,
et ce sera le début de la vie nouvelle. Allons, camarades, ne pensez qu'à l'avenir; cornemuse,
joue-nous l'hymne de saint Patrick!...

. . . .

On gouvernait sur l'Australie, où Donaghoe était certain d'obtenir une large concession de terrain et espérait fonder, avec ses braves Irlandais, un village qui ne tarderait pas à devenir florissant.

L'espoir souriait sur tous les visages. Bientôt on aurait atteint le but. Les goëlands, les fous de mer commençaient à se montrer, venant raser les mâts et les cordages.

Chacun s'était étendu, soit dans sa cabine, soit sur le pont, en se disant : « Demain peut-être nous aborderons ! »

Et des songes heureux caressaient la plupart des esprits.

Soudain un craquement épouvantable secoue le bâtiment : on a donné en plein sur un énorme récif de corail à fleur d'eau !

Une crevasse profonde laisse pénétrer les flots, qui commencent à remplir la cale.

Un cri général, un cri d'épouvante répond à cette secousse mortelle. Tout le monde est debout. Une confusion inexprimable paralyse les émigrants. Loin d'être utiles, ils entravent le jeu des pompes. Mais à quoi bon chercher à alléger le navire, qui, cloué sur la pointe du rocher, s'entr'ouvre de plus en plus!

Donaghoe, abandonnant toute espérance de sauver son vaisseau, commande à l'équipage d'apprêter les chaloupes.

Les émigrants ont entendu cet ordre. Aussitôt qu'ils voient les chaloupes à la mer, ils se précipitent pour y descendre; on se foule, on s'écrase; quelques-uns de ces infortunés tombent, et la vague les couvre et les entraîne. Cependant les craquements sinistres se sont renouvelés. La lutte des émigrants devient plus furieuse encore... Déjà les chaloupes enfoncent, tant elles sont remplies.

— Coupez les amarres! crie Donaghoe, coupez les amarres!.

Les embarcations s'éloignent. Du sein du vaisseau s'élève une immense clameur de détresse. Les colons, entassés sur le pont, sont trempés par l'écume des vagues furieuses. Ils attendent la mort: ils n'auront pas à l'attendre longtemps...

Robert tenait ses deux fils pressés contre lui.

Il ne prononçait pas une parole : le souvenir
de Mary, de Kate, perçait son cœur d'un profond remords ; il accusait son imprudence, sa
précipitation funeste, et intérieurement il demandait pardon à Dieu d'avoir entraîné les
orphelins à leur perte.

Jane non plus ne parlait pas : frissonnante,
mais oubliant sa propre terreur et le sentiment
de sa conservation pour ne songer qu'à ses
sœurs, elle tenait embrassées les trois petites
filles, qui sanglotaient.

— Mon Dieu ! se disait-elle, recevez-nous
dans votre sein, puisque vous voulez nous
réunir à notre pauvre mère !...

Un dernier choc eut lieu. Le vaisseau s'ouvrit et tout ce qu'il contenait devint la proie
des flots...

En ce moment Jane avait tourné son regard
vers Robert, qui s'était écrié :

— Adieu !...

Portée par l'eau, elle étendit machinalement
la main et saisit, par une crispation naturelle,
une pièce de bois qui flottait à la surface. Au
même instant, elle sentit la respiration lui

manquer. Son cou était fortement comprimé par deux bras d'enfant, et une petite voix murmurait :

— Sœur !... sœur !...

C'était la voix de Madge.

— Oh ! pensa Jane, si je pouvais sauver celle-là !

Et, au lieu de se laisser aller au fond de l'abîme, comme elle l'eût fait sans doute, elle se cramponna fortement d'une main au morceau de bois, tandis que de l'autre elle soutenait Madge, tâchant de la maintenir au-dessus de l'eau.

Pauvres créatures ! où allaient-elles ainsi ?

Tantôt une vague semblait les porter vers un rivage, tantôt une autre les ramenait en arrière. Ce rocher, contre lequel s'était brisé le navire, était-il isolé ou bien avoisinait-il une terre?...

Cependant la lutte soutenue par Jane contre un élément formidable était trop inégale pour pouvoir durer. La jeune fille sentait ses forces décroître de plus en plus ; elle mesura, par la pensée, le moment rapproché où il lui faudrait s'abandonner avec Madge à la mort.

Madge murmura encore une fois :

— Sœur !... sœur !...

Jane invoqua le ciel et s'aida du bras gauche pour nager...

Soudain une vague, haute comme une montagne, vint saisir les naufragées, les roula et les porta au loin... Jane sentit qu'elle était étendue sur un lit de sable et de coquillages.

Elle rejeta ses bras, posa en arrière sa tête défaillante et perdit connaissance.

Lorsqu'elle revint à elle, après la longue agonie de l'évanouissement, elle entendit Madge qui pleurait et elle sentit qu'on lui léchait le visage. Elle entr'ouvrit les yeux et aperçut Trim, qui l'avait suivie à la nage !...

— Trim !... murmura la jeune fille. Oh ! cher fidèle !...

Et elle sanglota sous les baisers de Madge et les caresses du chien.

Et elle se dit :

— Voilà donc tout ce qui me reste !... O mon bon père ! ô mes pauvres frères ! ô mes pauvres sœurs !

L'aurore teignait l'horizon de rose et de vio-
let ; le vent s'était apaisé ; la mer était calme et
unie comme un lac.

Le spectacle de ce temps magnifique désespéra
Jane.

Par un temps semblable personne n'eût
péri !...

Madge et Trim redoublaient, l'une de baisers,
l'autre d'aboiements joyeux. Ils paraissaient
comprendre qu'ils étaient désormais sous la
garde et la protection de Jane.

FIN DE LA PREMIÈRE PARTIE.

DEUXIÈME PARTIE

I

Lorsque Jane revint à elle, son premier sentiment fut un sombre désespoir. Insensible aux caresses qu'elle recevait, à peine trouvait-elle la force d'y répondre; ses yeux, remplis de larmes, s'attachaient obstinément sur cette mer qui lui avait tout pris et qui maintenant, comme par une affreuse dérision, étalait les splendeurs de sa nappe d'azur diamantée par les feux du soleil. Jane eût été moins malheureuse si, en recouvrant la vie, elle eût aperçu l'Océan encore irrité, si la voix hurlante de la tempête fût venue frapper ses oreilles, et si l'écume de la vague bondissante eût jailli jusqu'à elle comme pour la reprendre et la remporter au large.

Non, jamais peut-être ce canal immense qui s'étend à l'est sur une longueur de trois cents lieues entre l'Australie et la Nouvelle-Zélande n'avait offert un aspect plus calme. Les oiseaux de mer volaient par bandes au-dessus de cette surface à peine ridée par la brise; l'albatros s'y posait même, et, se laissant bercer mollement, s'abandonnait au sommeil sur la couche liquide, tandis que le martin-pêcheur s'ingéniait à trouver une proie qui lui vient d'elle-même avec plus d'abondance pendant le temps d'orage.

Sur le sable fin et luisant la tempête de la veille avait jeté de nombreuses tiges de goëmon et une quantité de riches coquillages aux tons roses, gris et lapis. Des tortues, la plupart petites et ayant une écaille admirablement zébrée, traînaient leur carapace et semblaient heureuses de plonger leurs pattes dans le mica échauffé par le soleil. Çà et là des oiseaux qu'on eût pris pour des pierreries volantes, tant les couleurs de leur plumage avaient d'éclat, traversaient l'espace, allant gagner les grands arbres qui s'étageaient dans l'intérieur de l'île.

Jane frémit en reconnaissant combien peu de temps avait suffi pour rendre à la nature non-seulement son calme, mais encore sa magnifi-cence. Les quelques heures qu'avait duré son évanouissement avaient donc vu s'accomplir toute une métamorphose; sans le souvenir poi-gnant du naufrage, sans la certitude de tant de morts cruelles, Jane se fût dit :

— J'ai fait un mauvais rêve...

Mais non : le doute était impossible. Le cri, le cri suprême d'une foule désespérée reten-tissait encore aux oreilles de la jeune fille.

Quel moment que celui où un vaisseau s'ouvre en deux et livre à la mer les victimes que ré-clame sa fureur; et où tous ces infortunés jettent à la fois cette clameur de l'agonie : — Mon Dieu! mon Dieu!...

Ames délivrées, vous étiez déjà devant ce Dieu qui paye la souffrance par la joie... Pauvres dépouilles, la mer vous avait gardées au fond de ses abîmes !

En tournant machinalement la tête, Jane vit un sublime panorama s'étendre derrière elle; mais plus son regard embrassait de beautés, plus le deuil remplissait son cœur. Elle prit sa sœur dans ses bras, elle passa une main sur le cou soyeux de Trim ; et les larmes, les sanglots, lui vinrent avec une violence extraordinaire.

Plus elle s'efforçait de se maîtriser, comprenant bien l'inanité de sa douleur, moins elle y réussissait. Ce fut un miracle si elle ne succomba point dans ces spasmes du désespoir.

Madge finit par s'effrayer de cet état d'exaltation, et elle s'éloigna un peu de Jane en cachant son petit visage entre ses mains.

Ce mouvement muet, mais éloquent, fut pour la sœur aînée une leçon plus frappante peut-être que ne l'eussent été toutes les exhortations.

Jane se sentit rendue à elle-même. Elle comprit qu'il ne lui était pas permis d'user dans les larmes le peu de forces qu'elle avait encore et dont elle devait compte à la faiblesse d'une enfant deux fois orpheline. La prière mentale lui fit du bien et lui rendit la faculté de penser,

S'étant donc levée, elle détourna ses yeux de la mer et les reporta vers l'intérieur de l'île, c'est-à-dire vers la réalité.

C'était de ce côté, en effet, que se trouvait la vie; c'était là qu'il faudrait chercher toutes les ressources.

— Où sommes-nous, grande sœur? demanda Madge; est-ce que tu vas nous ramener à la maison?

Si Jane ne se fût pas contenue, cette naïve question lui eût rendu tout son désespoir. Mais elle résista, et eut un de ces sourires qui contiennent une agonie pour répondre, en lissant les cheveux humides de l'enfant :

— La maison est trop loin d'ici pour que je t'y ramène, mon trésor. Et puis, nous ne pourrions pas : je crois que nous sommes dans une île.

— Une île?... Qu'est-ce que c'est?

— Tu m'en demandes beaucoup... Mais écoute bien : c'est une terre... un pays... entouré d'eau...

— Eh bien, nous nous en irons de l'île pour retourner chez nous et revoir papa et grand'mère.

— Oui!... oui!... s'écria Jane, folle de chagrin et embrassant l'enfant avec transport. Sois
sage et docile ; le bon Dieu permettra cela. Oui,
l'on se revoit toujours. Il faut attendre, il faut...
Viens ! viens !

— Dis donc, sœur, j'ai bien faim.

— Ah ! pensa Jane, déjà les besoins impérieux de la vie. Ce n'est que le commencement.
Mon Dieu, j'espère en votre providence. Vous
n'aurez pas voulu nous jeter ici sans nous offrir
les moyens d'y soutenir notre existence.

Et elle répondit à la petite fille, qui rêvait
la soupe et les pommes de terre du village de
Bray :

— Sois tranquille... voilà là-bas des arbres
et sans doute des fruits.

Elle donna la main à Madge et s'achemina
vers une partie ombreuse qui ressemblait à un
bois. Mille appréhensions se croisaient dans son
cœur. La faim, l'horrible faim, se dressait, pâle
et livide, devant elle. Qui pouvait lui certifier
que ces arbres portaient des fruits ou bien
que les fruits ne contiendraient pas un poison
mortel ?

Trim, non moins pressé par la faim, manifestait une vive agitation ; sa gueule était béante,
il s'en échappait de temps en temps un gémissement rauque ; il flairait de tous côtés ; il con-
sultait du regard sa maîtresse... Tout à coup,
emporté par son instinct et par l'impérieux
besoin, il parut se mettre en quête, baissa
la tête, gratta le sol et s'élança à travers les
fourrés...

Jane se dit tristement que le pauvre animal
allait passer à l'état sauvage et qu'on ne le re-
verrait plus...

Mais ce qui lui importait, c'était d'assurer
d'abord la subsistance de sa sœur. Le reste
viendrait par surcroît. Il serait toujours temps,
après cela, de songer à un gîte, de même que
plus tard il faudrait se préoccuper du moyen,
soit de réparer les vêtements, soit d'en créer de
nouveaux. Tout était à faire, tout s'offrait à la
fois avec les apparences d'une tâche formidable,
hérissée de mille difficultés, bien plus, de mille
impossibilités. Réduite à son industrie, Jane
comprenait mieux que jamais combien la créature humaine a besoin de vivre en société.

L'idée des dangers de cette solitude ne s'était pas encore offerte à son esprit : car, outre les privations et les fatigues inouïes, il y a, dans un désert, des périls sans nombre, la lutte contre les éléments et contre les animaux féroces. Le cri de la faim étouffait toute autre idée.

A une certaine distance du rivage, le terrain, devenu plus ferme, commençait à s'élever. Il allait, par pentes insensibles, jusqu'à une sorte de montagne conique dont on apercevait le sommet abrupt à travers des massifs épais. Après la première hauteur, le sol s'infléchissait un instant avant de remonter, et une sorte de vallon naturel s'étendait gracieusement, comme un tapis velouté formé d'une herbe fine et courte. Les arbres s'y dressaient tantôt isolés, tantôt par groupes. La variété de leurs ombrages, de leurs nuances, de leur taille, la beauté de leurs fleurs et l'abondance de leurs fruits, arrachèrent à Jane une exclamation de surprise et de reconnaissance. Une brise du sud, plus froide dans ces contrées que celle du nord, en raison de leur situation australe, agitait doucement les

cimes, au haut desquelles se balançaient une
multitude d'oiseaux, dont le plumage était d'une
variété infinie. Mais ce n'était pas pour nos voyageuses le moment de contempler les perroquets
d'un bleu de saphir, les perruches vertes à
queue rouge, les tourterelles à l'estomac blanc,
les ramiers aux ailes orange, ni l'oiseau de paradis, ni l'oiseau-satin ; ni de prêter l'oreille, soit
aux accents du merle, soit aux cris des cygnes
noirs : elles avaient une préoccupation bien autrement grave.

La sœur aînée se disait que les premiers repas devraient être demandés au hasard de ce
que les arbres et les buissons lui présenteraient ;
mais sa sagacité s'effrayait du choix à faire, en
même temps que la pauvre fille voyait des trésors inaccessibles à sa main, tels que des noix
de coco, attachées en grappes au sommet de la
tige.

Après la ceinture des cocotiers qui, se plai-
sant dans les terrains sablonneux, étaient le
plus rapprochés du rivage, Jane vit se dévelop-
per un tableau vraiment magique. Il semblait
que la nature eût voulu réunir dans un espace

qui avait une lieue d'étendue, mais dont la
surface réelle était sans cesse cachée par des plis
de terrain, tout ce que l'Océanie peut produire
de plus riche et de plus abondant. Les arbres
ne se confondaient pas, et chaque espèce avait
prospéré là où le vent avait porté sa graine. Il
n'y avait que le bambou, — ce lierre du monde
austral, — qui réunît ces végétaux puissants en
s'y enroulant et jetant de l'un à l'autre les arca-
tures de ses lianes flexibles. C'était, entre ces
magnifiques arbres, une lutte de beauté, de
force et de puissance. Chacun d'eux semblait
fait pour porter le ciel. Nos chênes, même après
de longs siècles d'existence, ne sauraient donner une idée de ce développement énorme qui
n'enlève rien à la grâce des fleurs et à la saveur
des fruits. Toutes les sortes de palmiers ou
pandangs balançaient leur tête chargée de ces
feuilles si vastes, si épaisses et si solides, que les
insulaires des Carolines, d'O'Taïti, de la Nou-
velle-Galles, peuvent s'en servir utilement pour
faire à leurs cases une toiture à l'épreuve des
pluies torrentielles. — Il y avait là aussi l'*amit*,
dont le tronc n'a besoin que de recevoir une in-

cision pour laisser tomber une eau claire et rafraîchissante ; l'*asana*, le *balayong*, le *calingak*,
d'où s'exhale un parfum pénétrant ; le *toa* in-
corruptible comme le cèdre de l'Asie, et qui
laisse pendre ses rameaux de même que nos
saules ; le figuier d'Inde, qui étale ses larges
feuilles comme pour abriter ses fruits ; le *bananier*, le *plantain*, le *manguier*, le *dourion*, le
santor, le *mabol*, l'*arbre à pain*, dont la tête
est large et branchue, et dont le fruit, enveloppé d'une forte écorce, assure l'existence à
ceux qui le connaissent et savent le faire
rôtir.

Sans se dissimuler que la plupart de ces ressources lui seraient précieuses dans l'avenir,
Jane était assez embarrassée au sein d'une telle
abondance. Avant tout, il fallait trouver immédiatement ce qui pourrait être le plus facile à
cueillir, et surtout ce qui pourrait se manger
sans apprêt. Des patates, qui, dans un état de
maturité complète, ressortaient de terre, avaient
attiré son regard ; mais la jeune fille savait qu'il
faudrait les faire cuire... Par bonheur elle aperçut, parmi les cannes à sucre, des tiges à longues

8.

feuilles portant des ananas que les oiseaux avaient respectés.

— Madge! Madge! s'écria-t-elle, voilà un déjeuner que le bon Dieu nous envoie.

Elle ouvrit le petit sac de cuir qu'elle avait gardé durant tout le voyage, et qui, retenu par une forte courroie, avait heureusement résisté aux secousses du naufrage. Il contenait bien des petits objets qui allaient être fort utiles, et notamment un couteau. Elle détacha quelques ananas : les deux sœurs s'assirent sur l'herbe, au pied d'un *baringtonia*, et procédèrent à leur premier repas, après avoir fait la prière.

La petite fille savourait ses ananas, tout en dirigeant son regard à droite et à gauche.

— Que désires-tu? lui demanda Jane.

— Je voudrais boire.

— Attends; il y a là-bas un joli ruisseau. Je vais y puiser de quoi te désaltérer.

Et, arrachant quelques feuilles d'un figuier, Jane les arrangea de manière à en former une sorte de vase creux; puis elle courut vers le ruisseau, dont les bords étaient garnis de *sagou* et de *mogoreira* en fleur. Du côté opposé, un héron procédait gravement à la pêche des petits poissons ; au bruit que faisait Jane, il leva sa tête mélancolique, mais il ne s'effraya point. Il n'en fut pas de même d'un ornithorhynque, espèce de quadrupède ovipare qui est d'un naturel très-craintif et qui plonge vivement sous l'eau.

Jane, qui savait tirer de toutes choses des conclusions sagaces, se dit : « Si cet animal se tient dans ce ruisseau, c'est apparemment que l'eau en est assez profonde ; peut-être même, à certaines époques, le ruisseau devient-il une rivière et est-il poissonneux. J'y songerai. »

Plus d'une fois Jane avait eu occasion de monter sur des barques de pêcheurs et elle savait comment on jette le filet. Son rôle de mère de famille, en lui donnant une rare précocité, l'avait amenée à prendre garde à tout, à se rendre compte de tout. Le moment était venu où ses observations deviendraient précieuses.

Jane laissa le héron à ses affaires, l'ornithorhynque à sa frayeur, puisa une eau limpide et revint vers Madge, qui l'appelait déjà à grands cris.

— Me voilà! me voilà! disait-elle pour la
rassurer.

— Sœur! sœur! viens vite!

— Qu'y a-t-il? demanda Jane, qui faillit,
dans sa précipitation, renverser le précieux
liquide.

— Là-haut, là-haut! une grosse vilaine
bête!

En levant ses yeux vers la cime de l'arbre,
Jane vit un singe vert qui passait de branche en
branche, et, se pelotonnant de temps en temps,
restait à considérer curieusement les deux
sœurs, comme des êtres à lui inconnus, mais
qui cependant avaient de l'analogie avec son
espèce.

D'abord Jane eut un tressaillement, mais elle
remarqua que l'animal ne manifestait aucune
intention hostile. Il se grattait la tête, se balançait, en se retournant, par sa queue enroulée
à une branche, reprenait son équilibre, regardait de nouveau les jeunes filles, semblait leur
faire une grimace amicale et continuait ses évo-
lutions.

— Bois, dit Jane, et n'aie pas peur. C'est

un singe, et il ne paraît pas méchant. Dieu veuille, pensa-t-elle, que nous n'ayons pas de pires ennemis!

— Mais où donc est Trim? demanda la petite. Est-ce qu'il est perdu ?

Au moment où Jane cherchait la réponse, un bruit de pas pressés à travers l'herbe et les feuilles mortes attira son attention. Elle fit un mouvement de joie... Trim venait de se montrer.

A sa gueule tout ensanglantée il tenait une pintade étranglée. Il avait les pattes déchirées par les épines. Évidemment, pour atteindre cette proie, il avait dû déployer toute son habileté de chasseur, se mettre à l'affût, avancer en rampant jusqu'à l'oiseau et tomber sur lui comme la foudre.

La soumission avec laquelle il déposa sa proie aux pieds de Jane témoignait de l'admirable instinct du chien.

— Quel bonheur! dit Madge, notre bon Trim est retrouvé!

Cependant, à la vue du chien et au bruit de ses aboiements, le singe avait jeté un cri rauque particulier à sa race. Trim leva la tête, et, excité par les mouvements de Madge, il se mit à hurler en s'élançant contre le tronc du baringtontonia. Le singe grinça les dents et s'enfuit, par les branches qui se touchaient, vers un groupe de cocotiers. Trim l'avait suivi sans pouvoir quitter la terre. Exaspéré, soit par la colère, soit par la peur, le singe, pour se débarrasser de cette poursuite importune, imagina de lancer à son ennemi quelques-unes des noix de coco qu'il avait sous la main. Il eut bientôt jonché le sol de ces épais projectiles. Trim en reçut un sur les reins et poussa un gémissement douloureux. Cette vengeance suffit au singe, qui se balança d'un air de triomphe, fit deux ou trois culbutes et disparut dans l'épaisseur des massifs.

L'incident qui venait d'avoir lieu avait causé à Jane une vive satisfaction. Elle n'ignorait pas, — nous expliquerons le fait tout à l'heure, — combien les noix de coco sont précieuses : aussi se promit-elle de recueillir cette manne que le singe avait fait pleuvoir sans se douter du service qu'il rendait aux pauvres naufragées. Mais d'abord il s'agissait de cuire la pintade, et quel moyen employer?

Sans le feu, cet agent primordial, ce principe universel, la vie de l'être civilisé est impossible. Et c'est si vrai, que les sauvages eux-mêmes, à moins de végéter dans un état de barbarie stupide qui les assimile à la brute, ne sauraient se résoudre à dévorer des chairs crues. Jane, de même qu'elle connaissait l'utilité du coco, savait par quel procédé ingénieux les Indiens se procurent du feu. Elle résolut d'en faire l'essai sur-le-champ, d'autant plus qu'un simple déjeuner de fruits ne pouvait avoir calmé l'appétit de Madge, et que, d'ailleurs, Trim, à peine remis de la secousse qu'il avait reçue dans son duel avec le singe vert, agitait sa queue d'une façon intelligible.

— Voyons, dit Jane à sa sœur, nous allons tâcher de faire du feu. Quand j'aurai plumé cette pauvre bête, nous la mettrons cuire.

— Est-ce que ce n'est pas une poule?

— Cela y ressemble bien. Oui, mon brave Trim... oui, je songe à toi. Tu as faim, hélas!

Elle emmena son monde vers un endroit où

se trouvaient des pierres. Avec un caillou tranchant, elle pratiqua une cavité régulière, et,
posant au fond des pierres plates, façonna une
sorte de four. Puis elle alla couper à des buissons tout ce qu'elle put rencontrer de branches
menues et sèches : elle en fit des fagotins qu'elle
attacha, au moyen de lianes délicates. Armée de
son couteau, elle trancha quelques baguettes de
bambou. Le tout fut soigneusement posé auprès
du four. Après ces opérations, elle se mit en devoir de plumer la pintade. Ensuite elle choisit
deux morceaux de bois très-sec et opéra un frotte-
ment continu qui finit par produire du feu. Elle
avait d'avance ajusté quelques larges feuilles à
une de ses baguettes, de manière à façonner un
écran pouvant servir de soufflet pour exciter la
flamme. Au bout de longs et pénibles efforts,
elle obtint le feu tant désiré : elle alluma ses
broussailles et tint au-dessus du foyer sa pintade embrochée avec du bambou. Madge, assise
d'un côté, Trim de l'autre, surveillaient attentivement l'opération, qui avait pour eux un intérêt extraordinaire.

Une fois le volatile rôti à point, Jane le posa

tout fumant sur une pierre plate qu'elle avait
réservée à cet effet. Ensuite, à l'aide de deux
coquilles tranchantes, elle le dépeça, ayant soin,
toutes parts faites, d'en réserver pour le lendemain, et elle choisit, afin d'envelopper le morceau, les feuilles les plus fraîches, prenant bien
garde de laisser le moindre interstice par lequel
les mouches pussent passer. Encore une fois,
il n'y aurait désormais pas une de ses actions
qui ne dût être pesée méthodiquement : car tout
avait sa gravité en présence de la situation terrible que le naufrage de l'*Érin* avait faite aux
pauvres Irlandaises.

Jane avait mis à table ses deux compagnons ;
quant à elle, sa tâche n'était point finie. Ne fal-
lait-il pas profiter du feu pour augmenter les
approvisionnements des jours suivants? Ainsi,
tandis que Madge et Trim satisfaisaient large-
ment leur appétit, Jane s'en alla fouiller la terre
à l'aide d'un caillou aigu et elle en retira des
patates, qu'elle frotta avec de la fougère et mit
ensuite dans la cendre chaude en tenant au-
dessus un feu léger. Cette opération, pratiquée
sous un soleil ardent, malgré la brise sud, ne

9

laissa pas que de causer à Jane une chaleur si insupportable, que la pauvre fille fut plusieurs fois au moment de renoncer à son nouveau labeur culinaire. Elle n'avait pas encore expérimenté la nature du fruit de l'arbre à pain, et ce fut heureux, car, dans son zèle, Jane eût voulu cuire des provisions pour quinze jours.

Cependant sa pensée traversait cette tâche matérielle; plus d'une larme était tombée de ses yeux baissés vers le foyer; les images chéries semblaient s'envoler avec la blanche fumée qui montait vers le ciel.

« Oh ! se disait Jane, est-il bien possible que je sois là, tout occupée de ces soins de ménage, quand ceux que j'ai tant aimés sont au fond de la mer ! Pauvres créatures que la mort est venue saisir tout à coup, la mort affreuse, la mort du naufrage ! pauvres chéris, qui n'ont même pu échanger un baiser d'adieu, et qui ont été engloutis sans avoir eu le temps de se saisir la main et de se dire mutuellement : «Courage!»

— Ils ne sont plus, ni mon père, ni Billy qui était si gai, ni Daniel si mutin, et cependant si obéissant, tant il craignait de m'affliger, ni toi,

ma douce Mercy, ma rose de buissons, comme
je t'appelais ; ni toi, Nanny, ma petite fauvette
qui gazouillais en parlant !... O mon Dieu ! mon
Dieu ! avez-vous bien pu me les prendre tous !...
Et me voilà ici seule, avec cette enfant qui a
tant besoin de moi... C'est donc, ô mon Dieu !
que vous me commandez de vivre afin que Madge
ne meure pas ?... »

Elle se disait toutes ces choses, la digne jeune
fille ; et tant de pensées désespérantes aboutirent
à un sanglot.

— Ne pleure point, s'écria Madge, qui, bien
remise par un bon repas, avait repris une fraîcheur charmante.

Jane la contempla ; elle se dit quel dommage ce serait si ce joli petit être périssait à
son tour, et elle se promit de redoubler de
courage.

Mais pouvait-elle se promettre d'exiler de son
esprit les souvenirs amers et les regrets dé-
chirants ?

Le repas était achevé et les patates parfaitement grillées. Jane laissa la provision dans la
cavité où elle l'avait fait cuire : le feu étant

éteint, elle couvrit le tout d'un double lit de
feuilles et de fougères ; puis, pour marquer la
place, disposa un demi-cercle de pierres, cailloux
et coquilles.

Avec l'aide de Madge, elle alla ramasser les
noix de coco semées sur le sol par le singe vert.
Il y en avait dix. Quelle bonne aubaine !...

Jane connaissait ce fruit : des marins irlandais, amis de Robert Naul, en avaient quelquefois rapporté de leurs excursions en Amérique.

Les dix noix furent rangées au pied de l'épais
baringtonia. Elles étaient si grosses, que Madge
avait peine à en porter une.

— Tu vois ce fruit ? disait Jane.

— Tiens ! je croyais que c'était une pierre...

— Non, c'est un fruit bien utile. La première
écorce est tout couverte de filaments ; je la met-
trai dans l'eau de notre joli ruisseau, que nous
appellerons, si tu veux, *Shanon-River*, en souvenir du pays...

Ces mots, «le pays,» frappèrent Madge.

— Nous retournerons ce soir chez nous, n'est-
ce pas ? dit l'enfant.

La sœur aînée eut bien de la peine à retenir ses larmes.

— Nous verrons, dit-elle, nous verrons. Mais écoute-moi. Avec ces filaments je fabriquerai des filets, et nous irons ensemble jeter *nos* filets dans Shanon-River, et tu t'amuseras bien...

Madge battit des mains.

— Avec la seconde écorce, je ferai des tasses qui nous tiendront lieu de plats et d'assiettes. A l'intérieur du fruit, il y a de quoi manger, et enfin il y a une bonne eau. Ce n'est pas tout : avec la chair qu'on ne peut pas manger, on fait de l'huile pour s'éclairer la nuit.

Mais la petite fille n'était guère en état de prêter une attention soutenue à cette description. Ses jambes appelaient le mouvement.

— Sœur, veux-tu nous promener? dit-elle.

— Volontiers, répondit Jane, non sans une profonde émotion.

Elle s'était dit en effet : « Il est nécessaire d'explorer notre demeure. Est-ce une île? est-ce la côte d'un continent? Ne risquons-nous pas, à peu de distance d'ici, de tomber au milieu

de barbares Océaniens et de devenir leurs victimes?»

Et cependant, quelque redoutables que fussent
les dangers, d'autant plus terribles qu'ils étaient
environnés de mystère, Jane ne se dissimulait
pas qu'il fallait parcourir la contrée pour savoir
à quoi s'en tenir.

Elle contempla sa sœur avec attendrissement.

«L'innocente! pensa-t-elle; il ne s'agit pour
elle que d'une promenade... Peut-être est-ce la
mort que nous allons chercher... mais après
tout, quand nous l'attendrions ici, en serions-
nous plus avancées?»

Elle invoqua Dieu avec ferveur.

Ensuite, avec l'aide de son couteau, elle détacha non sans peine une branche d'un arbre au
bois très-dur et s'en façonna une espèce de massue pour résister, sinon aux indigènes, du moins
aux animaux malfaisants s'il s'en rencontrait;
car c'était encore une chose à craindre.

Ainsi armée en guerre, tenant sa massue sur
l'épaule droite, donnant la main gauche à Madge,
et tantôt précédée, tantôt suivie par Trim, elle
se mit en marche vers l'intérieur de l'île.

Elle avait marqué, par des signes faciles à reconnaître, la place qu'elle quittait; mais, par prudence, elle emportait, dans une corbeille improvisée avec des lianes artistement tissées, quelques-unes de ses patates.

II

Les orphelines eurent soin de ne guère s'é-
loigner du rivage, de peur de s'égarer, car
c'eût été le pire danger. En s'engageant trop
avant au sein des bois, elles eussent couru le
risque de se déchirer aux ronces, et, en outre,
de se perdre dans des sentiers inextricables
dont la direction croisée en tous sens pouvait
les ramener toujours au même point, après des
fatigues inouïes. En outre, Jane avait une instinctive horreur des reptiles, et elle craignait,
en foulant une herbe drue, de déranger quelque serpent qui lui eût fait payer cher son sommeil troublé.

En raison de toutes ces considérations qui échappaient à l'innocente ignorance de Madge, la sœur aînée préférait tenir la bande sablonneuse du bord de la mer. Elle ne négligeait pas cependant de sonder du regard les objets si variés qui s'offraient à elle, et surtout de chercher un lieu favorable pour le choix d'une habitation. Ce n'était pas une mince difficulté : presque partout, les fourrés étaient trop épais ; des mares formées par l'eau des pluies, qui n'avaient pas trouvé d'écoulement, s'étendaient entre de magnifiques arbres, comme des foyers pestilentiels. Il serait nécessaire de construire la cabane sur un terrain sec et en pente. Elle devrait être abritée par de la verdure, mais sans en être étouffée ; avoir une ceinture protectrice sans qu'à deux pas s'étendît une de ces forêts vierges qui recèlent une foule d'ennemis invisibles. Jane pensait qu'il serait urgent d'extirper les plantes parasites, d'agir avec le feu, en un mot de donner à l'habitation des dehors confortables. Mais de quelle force elle devait s'armer, rien que pour combiner un plan d'avenir !

L'avenir dans la solitude, loin de la patrie,
loin d'une famille chérie que l'Océan avide avait
engloutie tout entière! Ah! ce devoir de vivre
était bien lourd, bien accablant pour Jane : il
ne prenait un caractère sacré que par la faiblesse
de Madge.

Le voyage en circuit s'allongeait par les échan-
crures des criques qui pénétraient parfois profondément dans les terres, ainsi que par la
forme conique des promontoires qui surplom-
baient la mer et allaient y expirer en pente
douce. Tantôt la côte s'abaissait mollement,
tantôt elle se relevait en falaises de corail blanc
et de granit. La marche était donc forcément
inégale et souvent assez ardue.

Au bout d'une heure, Jane arriva à une région
sauvage où ne croissaient plus que des palmiers
et des bambous, sans ce mélange pittoresque du
toa, du plantain, du bananier et de l'arec. Elle
s'y engagea résolûment, et bientôt trouva le
goyavier, arbre qui se plaît sur les montagnes.
L'immense cône dont elle avait déjà entrevu les
flancs grisâtres se dressa alors à ses yeux. Les
pentes en étaient garnies de détritus vitrifiés

qui devaient avoir coulé de la bouche d'un cratère ; les matières striées, les cendres froides,
mais molles, roulaient sous le pied ; parfois une
couche d'un jaune d'or indiquait du soufre, et
d'autres espaces étaient garnis d'un bitume aux
tons roux. Pour expliquer comment Jane reconnut la présence d'un volcan, — peut-être éteint,
—nous devons dire qu'elle avait lu bon nombre
de voyages sous la direction de l'excellent abbé
Reynold, qui, toujours retenu en son village par
son ministère pastoral, avait pour les excursions
lointaines une ardeur d'autant plus vive qu'elle
était moins satisfaite. Ne voyant pas de fumée
s'échapper par l'orifice du volcan, elle pensa
qu'il n'y avait pas lieu de s'effrayer du voisinage, et que sans doute il en était de cette montagne de feu comme de tant d'autres, qui ont
consumé tous leurs aliments d'incendie.

Elle fut obligée de revenir sur ses pas pour
reprendre une direction régulière ; la puissante
végétation lui apparut de nouveau, et de la zone
aride elle rentra dans la zone verte. Le soleil,
aux deux tiers de sa course, versait une chaleur
tropicale. Quelques feuilles servirent à Jane pour

fabriquer, à elle et à sa sœur, deux larges chapeaux qui mirent leur tête et leurs épaules à
couvert. Elle attacha aussi de la fougère sur le
dos et le cou du pauvre Trim, qui, tout haletant,
s'en allait la langue pendante. On s'assit sous
un figuier pour y faire une petite collation de
patates ; chacune des sœurs mangea, en outre,
deux ou trois figues. Puis on se remit en route ;
mais la fatigue de Madge ne lui permettait plus
d'avancer, et, d'ailleurs, Jane songeait avec un
effroi secret que dans ces régions la nuit succède
brusquement au jour, sans être amenée par la
transition insensible du crépuscule. Elle se rap-
pelait avec une préférence marquée le lieu où,
le matin, elle avait préludé aux travaux pénibles
de l'installation. Nulle part elle n'avait observé
de site plus sain sous le rapport de la position, ni plus favorable quant aux aliments. Son
seul regret, c'était de n'avoir pu achever le con-
tour de l'île ; car elle supposait maintenant—et
elle en remerciait Dieu — que la tempête l'avait
jetée non sur le bord d'un continent, mais sur la
plage d'une île inhabitée.

Madge s'était éloignée de quelques pas, solli-

citée par les riches couleurs d'une touffe de mogoreira. Tout à coup elle revint en jetant des
cris perçants : la pauvrette avait, en remuant
les branches, dérangé un serpent noir qui s'était
mis à sa poursuite. Il n'y avait pas à hésiter :
Jane s'élança vers le serpent et l'étourdit d'un
coup de son bâton ; au même instant, Trim se
jeta sur le reptile et lui cassa les reins.

— Que de dangers! pensa Jane. Ah! ce n'est
là que le commencement...

Elle entraîna sa sœur, qui pleurait à chaudes
larmes et à qui la peur avait fait oublier sa fatigue. L'idée de la nuit qu'il faudrait passer en
plein air lui causait une vive appréhension.
Outre les reptiles, d'autres ennemis pouvaient,
à la faveur des ténèbres, fondre sur elles et les
dévorer.

Il n'y avait que le feu qui assurât une protection suffisante.

Sitôt que Jane avec ses deux compagnons eut
retrouvé le campement du matin, elle se mit en
devoir de faire du feu, après avoir amassé autour d'un lieu sec, destiné à leur servir de
couche, une quantité de broussailles qu'elle

disposa en cercle. Elle espérait que le brasier tiendrait en respect les animaux malfaisants. Pauvre fille! que de soins, que de labeurs! et comme désormais il lui faudrait acheter la vie!

Tandis qu'elle frottait son bois sec, elle aperçut au haut d'un cocotier le singe vert qui ne gambadait pas, mais qui, assis sur une grosse branche, paraissait la regarder très attentivement. Il avait cassé deux brindilles et les frottait aussi, par esprit d'imitation. Jane tressaillit d'abord, mais elle ne tarda pas à se rassurer : ce singe lui semblait une sorte d'ami dont la curiosité n'indiquait aucune intention malveillante. Elle le désigna à Madge pour accoutumer l'enfant à la vue de ce visiteur velu.

— Je crois bien, dit-elle, que ce singe a de l'amitié pour nous; quel bonheur s'il pouvait s'apprivoiser et nous suivre!

— Est-ce qu'il n'est pas méchant? demanda la petite fille.

— Je ne le pense pas; car il est revenu tout exprès pour nous voir.

— Donne-lui à manger. Peut-être descendra-t-il de son arbre.

Jane montra au singe une patate grillée,
qu'elle alla déposer au pied du cocotier. L'animal fit quelques façons; mais, entraîné par son
instinct et un peu sollicité par la gourmandise,
il se laissa glisser, ramassa vivement la patate
et remonta avec son agilité habituelle à la place
qu'il s'était choisie.

— Tais-toi, Trim, disait Jane au chien qui
grondait; c'est un ami.

En voyant le feu jaillir des branches sèches et se communiquer ensuite aux broussailles, le singe poussa un cri rauque et gagna un arbre plus éloigné. Évidemment ce
spectacle était nouveau pour lui, et Jane en
conclut que le volcan devait être complétement
éteint, puisque le singe n'avait jamais vu de
flammes.

La nuit venait de tomber tout à coup, sans
transition. Il semblait que le soleil se fût plongé
dans la mer pour ne plus devoir reparaître.

— Il était temps! pensa Jane. Puisse ce foyer
protéger notre sommeil!

Mais elle se dit qu'elle ne dormirait guère
sur cette terre inconnue où des périls nouveaux

allaient peut-être se révéler. La brise activait la
flamme des broussailles. Appuyée contre le tronc
lisse d'un palmier, la petite Madge s'était endormie sous l'influence de cette chaleur bienfai-
sante. A ses pieds s'était roulé Trim ; mais le
fidèle chien ne goûtait qu'un sommeil troublé :
de temps en temps il poussait des gémissements,
comme si des visions de reptiles traversaient
son esprit. Les chiens rêvent beaucoup, et Trim
n'avait que trop de sujets de rêver.

L'ombre était épaisse et rendue plus sinistre
par la réflexion du feu sur les ramures épaisses
qui la renvoyaient. Ainsi, au delà du cercle lumineux, les ténèbres reprenaient toute leur
horreur. Parfois le vent de la mer arrivait par
bouffées violentes et soulevait des étincelles qui
remontaient avec un vol serpentin. A cette voix
mugissante qui semblait sortir des abîmes de
l'Océan et raconter tous les deuils de la nuit
précédente, succédèrent des miaulements épou-
vantables.

— C'est le chat-tigre ! pensa Jane, qui sentit
ses cheveux se hérisser.

Elle se leva et alla ranimer le brasier ; mais,

quand elle fut revenue à l'arbre, la fatigue la saisit, ferma ses yeux appesantis, et la jeta dans un sommeil léthargique.

Ce sommeil, ce serait peut-être la mort; mais, coûte que coûte, il lui fallait s'y abandonner, et Jane ne fut réveillée que par les rayons éclatants du matin.

La scène était toute changée : aux mystérieuses ténèbres avaient succédé les lueurs roses de légers nuages qui passaient au-dessus de l'île. Le matin souriait avec sa palette aux richesses inépuisables; les fleurs, ranimées par une rosée abondante, — trop abondante peut-être pour les pauvres naufragées, — rouvraient leurs corolles; les arbres à essences, l'asana, le balayong, le calingak, répandaient autour d'eux leurs parfums résineux; une foule d'oiseaux sautaient de branche en branche en jetant les uns leur cri, les autres leur chant cadencé. Les perroquets verts tourmentaient de leur bec solide l'écorce des bananiers; le loriot voltigeait joyeusement, tandis que le kakatoa au plumage noir se tenait sur les hautes cimes, et que l'oiseau de paradis étendait le panache de sa queue

et de ses ailes; le cardinal écarlate poursuivait
les colibris, qui se réfugiaient sous les larges
feuilles des palmiers; plus confiants, de grands
papillons aux ailes pourprées, au corselet d'or,
rasaient la terre en cherchant leurs fleurs favo-
rites. On eût vu les pierres plates couvertes de
lézards au dos d'émeraude ou d'acier, occupés
à savourer les premiers rayons du soleil. Un
herrero travaillait à percer l'écorce d'un plantain pour y pratiquer son nid. Des abeilles actives
venaient par essaim d'une grosse roche sous laquelle était déposé leur miel précieux. Au loin
dans les sentiers passaient furtivement des biches
très-petites de taille. Une chèvre apparut sur le
sommet du rocher des abeilles; elle était accompagnée de ses chevreaux bondissants. Jane, qui
songeait surtout à l'utile, pensa qu'elle pourrait, comme feu Robinson, se faire un troupeau
de bêtes à cornes.

Cependant le rivage n'était pas moins animé.
Il avait aussi ses habitants, tels que le tavor,
l'oiseau marin au long cou, le martin-pêcheur
déjà en quête de son déjeuner, les tortues de
toutes dimensions qui se traînaient lentement;

et enfin l'onde elle-même semblait mise en gaieté par les bonds des vaches marines qui alternaient les battements des grandes nageoires attachées à leurs épaules.

C'était un spectacle d'une splendeur infinie où les couleurs, les vibrations et le mouvement s'accordaient dans une sorte d'harmonie lumineuse.

La première pensée de Jane fut et devait être la prière, — une prière de reconnaissance.

Il lui semblait que les pires dangers étaient écartés, puisque sa sœur et elle avaient pu traverser la nuit saines et sauves.

— Mets-toi à genoux comme moi, Madge, dit-elle; remercions Dieu, qui nous a protégées.

Et, tirant du fond de son cœur une oraison fervente :

« Mon Dieu, soyez béni pour les bienfaits de votre Providence qui veille toujours même sur les plus infortunés. En nous jetant sur cette île déserte, vous y avez assuré notre existence. Quelque rude que soit désormais notre sort,

nous vous rendons grâces, car nous pouvions
être bien plus malheureuses encore. Mon Dieu!
vos œuvres admirables nous entourent, et chacun de ces animaux que vous avez créés nous
enseigne que nous devons, comme eux, travailler
et chercher notre nourriture. Oui, je vais m'ap-
pliquer à mériter ce bienfait de la vie que vous
nous avez laissée, tout en pensant aux êtres chéris rappelés par vous dans votre sein. Dans les
épreuves que vous me réservez, je ne me plain-
drai pas; car votre miséricorde est infinie. »

Après la collation matinale, on descendit sur
le rivage. Jane tremblait que la mer n'eût rejeté
ses victimes. Ah! comment eût-elle pu soutenir
la vue des êtres chéris, maintenant tout défigu-
rés, livides et muets, eux que deux jours aupa-
ravant elle embrassait en se réjouissant avec
eux de l'arrivée prochaine!...

Quel bonheur! il n'y avait sur la plage aucun
débris humain. En revanche, la marée y avait
porté des planches, des cordages et des caisses,
sur lesquelles s'étaient posés gravement des albatros, qui s'enfuirent à l'approche des deux sœurs
et de leur inséparable Trim.

Jane eut bien de la peine à forcer les caisses,
dont les ferrures étaient toutes rouillées par
l'eau. Il lui fallut une incroyable persévérance
pour arriver à ce résultat. Elle dut s'armer d'un
caillou tranchant, qu'elle frappait avec une forte
pierre en guise de marteau.

La première caisse contenait de l'or en abondance. De l'or dans la solitude ! Quelle ironie !
Ici ce grand mobile des passions humaines n'a-
vait pas plus de prix que le sable.

Dans la seconde caisse, beaucoup plus large,
Jane trouva avec une joie indicible deux haches,
de la ficelle, de la toile à voiles, du biscuit,
et des habillements de rechange pour les matelots.

Une nouvelle prière s'échappa de son cœur.
Grâce à ces haches, elle se sentait sauvée; car
elle n'eût jamais pu, avec de simples pierres
tranchantes, couper les gros bambous dont elle
avait besoin pour construire la cabane.

Elle embrassa Madge en pleurant d'allégresse
et se mit à faire des voyages multipliés du rivage à *Flower-Place*, — nom qu'elle avait
donné au lieu de séjour choisi. — Rien ne lui

semblait à dédaigner. Après avoir vidé la caisse
principale, — car pour celle qui contenait l'or
elle n'y toucha point, résolue à la rendre aux
héritiers du malheureux Donaghoe, si jamais le
ciel lui fournissait le moyen de revoir sa patrie,
— elle détacha les planches qu'elle destinait à
l'habitation.

Il lui fallut un certain temps pour opérer le
sauvetage. Tout en allant et venant, Jane combi-
nait son plan d'opérations futures. Le plus
pressé, c'était le logis à créer. L'oiseau a son
nid, le castor se façonne une maisonnette, la
bête fauve cherche une tanière : la créature humaine ne saurait subsister sans un abri.

Cependant Jane ne se dissimulait pas que son
œuvre ne s'achèverait point en un jour, et elle
dut se résigner à passer encore plusieurs nuits
à la belle étoile.

Elle commença par battre soigneusement le
terrain où son léger édifice devait s'élever. Elle
y ajusta ensuite ses planches pour faire un par-
quet, bonne garantie contre l'humidité. Après
cela, elle creusa un carré afin de disposer le sol
à recevoir de longues tiges de bambou. Cette

opération fut très-difficile ; car Jane ne possédait
ni pioche ni bêche. Son esprit inventif lui sug-
géra l'idée de couper à un arbre dur une branche très-droite qu'elle aiguisa en pointe. Mais
la terre, séchée par la chaleur, résistait à l'action
du pieu. Comment faire pour vaincre cet obstacle ? A force d'y songer, Jane s'avisa de courir au ruisseau et d'y puiser dans ses écorces
de coco de l'eau dont elle se servit pour arroser
le carré sur lequel devaient s'élever les quatre
murs. Ce ne fut pas une mince besogne : la
terre buvait avidement l'eau sans s'amollir beaucoup pour cela ; Jane dut retourner cinquante
fois au ruisseau, et, quand elle eut réussi à préparer le sol et y eut creusé des tranchées suffi-
santes, il y eut encore à couper les bambous, à
les égaliser, à les planter : car elle craignait, si
elle remettait l'affaire au lendemain, que le sol,
durci de nouveau, ne lui opposât une nouvelle
résistance. Les haches firent merveille dans ses
mains : d'énormes bambous tombèrent pour être
placés côte à côte. C'était la première cloison :
Jane avait l'intention de la fortifier en y adaptant
d'autres bambous croisés. Elle avait ménagé un

carré pour une petite fenêtre qu'elle se proposait de tisser en lianes légères. Quant à la porte, ce n'était pas chose qu'elle pût improviser. Mais déjà le principal était fait, à savoir une clôture sans porte, il est vrai, et sans toit. Heureusement la pluie est rare dans ces contrées, et en s'enveloppant avec la toile à voiles on pouvait se garantir de l'humidité.

Madge, s'associant à ce mouvement, sans rendre, il est vrai, de grands services, y voyait surtout un plaisir dont le but lui échappait.

Ce jour-là, il fallut se contenter du reste des provisions de la veille : la sœur aînée avait été le charpentier et le maçon de la colonie naissante, mais elle n'avait pu en être en même temps la cuisinière. Trim avait participé au travail par ses allées et venues continuelles et par ses aboiements joyeux; quant au singe vert, il avait paru plusieurs fois à son poste d'observation : sans doute il ne comprenait guère ce qu'on faisait, mais cette agitation ne lui déplaisait pas.

III

La maison à édifier était pour Jane une œuvre d'autant plus ardue, qu'il se joignait à cette besogne une foule d'autres soins non moins im · périeux.

La jeune fille était obligée chaque matin de se mettre en quête de nourriture ; elle pensait avec un certain effroi que la saison d'hiver, si courte qu'elle pouvait être, viendrait dépouiller les arbres de leurs fruits ; comme la fourmi de la fable, elle s'ingéniait dans le présent à amasser des provisions pour l'avenir, à se créer un grenier d'abondance. Ainsi, dans la cabane, qui avait d'assez grandes dimensions,

elle réserva un coin pour serrer les précieux
aliments: les patates étaient posées sur une légère couche de sable. A force d'examen et d'essais, Jane avait fini par reconnaître la propriété
d'une quantité de fruits : ceux du plantain, du
bananier, de l'arbre à pain. Armée d'une
longue gaule de bambou, elle les faisait tomber
au fur et à mesure des besoins, puis s'attachait
à en conserver. La canne à sucre, qu'elle fen-
dait avec dextérité, lui fournit le moyen de faire
des pâtes de fruits qu'elle gardait dans l'écorce
solide des noix de coco. Elle voyait donc ses
petites provisions s'augmenter chaque jour, et
elle espérait bien pouvoir triompher de la mauvaise saison.

Mais que de peines jusque-là! Outre le chagrin profond qui habitait son cœur, Jane avait
des sollicitudes de toute sorte. Elle ne pouvait
vaquer à ses occupations multiples sans jeter de
temps en temps sur la mer un regard inquiet,
comme si la mer pouvait lui amener des ennemis mortels. D'autre part, n'ayant pas achevé
de faire le tour de l'île, elle en était toujours à
craindre qu'il n'y eût, à quelques milles, des

indigènes féroces, et elle se disait en laissant tomber ses bras découragés: « A quoi bon prendre tant de soins, si nous devons être tuées ou emmenées comme esclaves ? »

Cependant le cri du devoir venait dominer toutes ces appréhensions. Le devoir commandait à Jane de poursuivre sa tâche sans envisager les difficultés ni les périls; il lui criait: « Marche ! marche ! » et elle marchait.

Il ne suffisait pas d'avoir façonné les murs avec du bambou si bien ajusté, que ces cloisons ne donnaient aucun passage à l'air extérieur: maintenant il fallait couvrir la case. Le bambou posé en travers servit encore de charpente, de même qu'il avait remplacé le moellon et la pierre. Sur ce point d'appui il s'agissait d'étendre, en les assujettissant fortement, de larges feuilles de palmier. Mais comment se procurer ces feuilles qui se balancent en bouquet à la cime de l'arbre ?

Un seul moyen s'offrait à Jane, moyen qui exigeait autant de persévérance que d'énergie: c'était d'abattre un palmier. Elle bénit le ciel de lui avoir envoyé des haches, et, ayant choisi

l'arbre que couronnait le plus ample feuillage,
elle se mit au métier de bûcheron. La pauvre
enfant ne tarda pas à avoir les mains tout endo-
lories; mais elle n'était pas de ces créatures qui
s'arrêtent avant d'avoir terminé. Au bout de
quelques heures, une entaille profonde avait été
pratiquée; au bout de deux jours, le palmier
était au moment de tomber. Jane enferma la
trop curieuse Madge dans la cabane, que l'enfant remplit de ses cris. Ce fut la première scène
de pleurs mutins qu'il y eût eu dans l'île. Insensible à ces clameurs, parce qu'il était nécessaire de tenir Madge à l'abri de la chute de
l'arbre, Jane retourna au palmier, ordonna à
Trim de s'écarter et se mit à frapper vigoureu-
sement les derniers coups. L'écorce céda, et
l'arbre séculaire tomba avec un fracas épouvantable. Celles d'entre ses feuilles sur lesquelles
avait porté le choc étaient hors d'état de servir;
cependant Jane les réserva pour y placer les
fruits qu'elle voulait garder : quant aux autres,
qui s'épanouissaient dans leur ampleur et leur
solidité, elle les détacha soigneusement et alla
les poser avec symétrie sur la toiture de bam-

bou. Ce n'était pas chose facile : pour atteindre
à cette hauteur, elle manquait de l'instrument
le plus commode comme le plus usuel, à savoir,
une échelle. Son industrie y avait pourvu, grâce
à de jeunes troncs d'arbre fort longs et appuyés
l'un près de l'autre contre le haut de la muraille,
si bien qu'en profitant des rugosités Jane pouvait monter en équilibre, arriver jusqu'à l'extrémité, et là, en se penchant, étendre ses feuilles.
Pour les fixer au moyen de lianes flexibles, c'é-
tait à l'intérieur même de la cabane qu'elle opé-
rerait ce travail.

A cet effet, elle tailla à grands coups de hache
un billot dans le tronc du cocotier, l'équarrit
avec soin, lui donna une surface plane, et ensuite le roula jusqu'à sa cabane. Son intention
était d'en faire plus tard la base solide de la table
centrale sur laquelle elle prendrait ses repas
avec sa sœur. Pour arriver à faire faire tant de
chemin au billot, elle eut des peines inouïes, et
peut-être n'y eût-elle pas réussi sans l'idée
qu'elle eut d'engager sous la masse un pieu solide et de la faire mouvoir ainsi. Une fois ce
piédestal installé, elle y grimpa et se mit à tisser

10.

une sorte de plafond de lianes artistement croisé
et rattaché solidement aux feuilles de palmier.
L'entrecroisement était ménagé avec tant d'a-
dresse, que pas une fissure ne s'y trahissait et
qu'une fraîcheur délicieuse remplissait la cabane, formant un contraste avec l'air du dehors, qui soufflait brûlant comme la vapeur
exhalée d'un four.

Tandis que Jane jouissait de son œuvre avec
la satisfaction que dut éprouver Michel-Ange devant son *Saint-Pierre de Rome* et son *Palais
Farnèse,* ou Pierre Lescot devant le nouveau
Louvre, — elle entendit au-dessus de sa tête un
bruit léger produit par des pieds qui sautil-
laient. Elle pensa que quelque oiseau était venu
inaugurer le toit de fraîche ramée; cependant,
voulant s'assurer de la nature du visiteur, elle
sortit très-doucement et fut un peu effrayée d'a-
percevoir le gros singe vert, qui, sans doute, se
fût accommodé de trouver un logis aérien tout
près de la jeune famille, pour laquelle il paraissait éprouver une certaine sympathie. Cette visite donna à réfléchir à Jane. Notre architecte
se dit que rien ne serait fait si, par quelque

obstacle, les animaux n'étaient écartés du toit,
qu'ils n'eussent pas tardé à endommager. Elle
battit des mains : à ce bruit inattendu et inconnu
pour lui, le singe bondit, fit un saut de carpe et
s'échappa vers les arbres voisins, salué par les
aboiements de Trim, auquel il répondit, selon
son usage, en lui lançant des noix de coco, que
cette fois le chien sut parfaitement éviter, tandis
que Jane se félicitait de ce renfort de provisions.

Mais, préoccupée de la conservation de son
toit, la jeune fille continua longtemps d'y rêver.
Enfin son bon sens lui dit de recourir aux raquettes épineuses qui s'étendaient en éventail à
l'entrée du bois. Jamais elle ne pénétrait sans
appréhension dans ces fourrés sombres et humides, affectionnés par les serpents. Elle laissa
par prudence Madge jouer avec des coquillages
aux abords de la cabane, et, suivie de Trim, elle
s'aventura du côté où elle avait vu des cactus et
autres plantes à fortes épines.

Nous devons dire qu'elle avait eu l'inspiration
de se fabriquer avec des joncs tissés un solide
traîneau qu'elle tirait par une corde, après y

avoir placé tout ce qu'elle voulait emporter à l'habitation. C'était le seul moyen de s'épargner des courses multipliées et fatigantes sous ce climat dévorant, où le moindre travail couvre de sueur une créature humaine. Son traîneau étant bien garni de raquettes, elle revint avec cette charge précieuse. Aussitôt elle replaça ses deux arbustes en pente, recommença l'ascension au toit et s'ingénia à couvrir toute la surface de cette espèce de cuirasse à pointes meurtrières qui devait la protéger.

— Ah! mon ami singe, tu ne t'y frotteras plus! dit-elle ensuite avec un sourire.

— Sœur, demanda Madge, tu crois que *Green-Man* [1] ne viendra plus sur notre maison?

— Non, non, rassure-toi; il se piquerait trop bien les pieds.

Green-Man était le nom donné par les deux sœurs au quadrumane familier.

On doit bien penser que tant de soins ne furent pas l'œuvre d'un jour, d'autant plus qu'ils étaient coupés nécessairement par d'autres tra-

---

[1] L'homme vert.

vaux urgents, au nombre desquels les sollicitudes de l'alimentation quotidienne tenaient une
notable place.

Mais Jane était patiente; elle avait mesuré sa
tâche, et, outre qu'elle se sentait le courage nécessaire pour l'accomplir, elle se disait avec résignation sans doute, mais aussi avec douleur,
que sa vie, que celle de sa sœur, devait s'achever dans cette île déserte, et que le temps ne
manquerait pas...

Avant tout, elle tenait à terminer l'habitation,
qui n'avait encore ni sa porte ni sa fenêtre. Ce
fut le tissage du jonc et du bambou qui lui
donna ce complément. Le plus difficile était de
suppléer aux charnières, cellés du grand coffre
ne pouvant s'adapter qu'à du bois plein. Jane
réussit tant bien que mal à remplacer les charnières avec de la corde qu'elle noua adroite-
ment; puis, au moyen d'une forte cheville de
bois, elle pratiqua à l'intérieur un verrou destiné
à tenir lieu de serrure.

En attendant qu'elle eût recueilli et fait sécher
suffisamment de varech, elle avait composé son
lit et celui de Madge d'une couche épaisse de

fougère préalablement exposée au soleil. Deux
morceaux de toile à voile leur servaient à la fois
de draps et de couverture. Mais Jane songeait
à l'hiver, et elle souhaitait de pouvoir, avant la
saison humide, tirer parti du coton qu'elle re-
cueillait sur l'arbuste utile qui en donnait abon-
damment. Elle s'était fait une carde avec de
grosses épines ajustées symétriquement dans un
morceau de bois tendre, et chaque jour elle
nettoyait la bourre qu'elle se proposait de filer
pour la tisser ensuite, de même qu'elle filait les
ligaments de la première écorce du coco pour
préparer ses instruments de pêche...

Mais que de choses manquaient encore, et
que de choses elle sut façonner dans son industrie, que la tendresse fraternelle rendait infatigable!

La table centrale étant prête, Jane se servit
de deux énormes clous trouvés dans la caisse
pour la fixer sur le billot de bois de palmier.
Il en fallait une autre qui fût placée dans un
angle et tînt lieu de buffet pour porter les provisions. Celle-là fut dressée à son tour et pourvue
de quatre pieds égaux, sinon taillés avec élé-

gance; l'important, c'était qu'elle fût d'aplomb.
Jane mit ensuite tous ses soins à façonner deux
siéges, indispensables aux heures de travail et
de repos. Le long du mur elle planta des chevilles de bois destinées à servir de patères pour
accrocher les vêtements, les pièces d'étoffe
quand elle en aurait tissé, et les peaux quand
elle aurait réussi à s'en procurer.

Mais cette dernière question demandait du
temps et des dispositions particulières.

Jane avait à surmonter toutes les répugnances,
et la plus grande de toutes peut-être était de
verser du sang. Elle, la douce enfant, dont le
cœur était ouvert à la pitié pour toutes les
créatures, il lui en coûtait affreusement de songer à la dure nécessité de tuer des animaux
inoffensifs, de les dépouiller, de les dépecer et
de conserver les quartiers de leur chair pour la
saison des pluies.

C'était cependant chose absolument néces--
saire. Toutes les réflexions et tous les prépara-
tifs de Jane convergeaient vers l'époque où les
travaux du dehors deviendraient impossibles.
Elle avait, par prévoyance, couvert, pour ce

temps-là, son foyer de pierres plates d'une toiture supportée par quatre gros bambous, afin que la pluie n'éteignît point son feu.

Voyons donc les mesures qu'elle prit.

Elle fabriqua un arc d'un bois à la fois très-dur et flexible; elle y assujettit une forte corde faite de filaments de coco; puis elle façonna des flèches de bambou qu'elle empenna avec des plumes d'oiseaux tombées du haut des arbres et termina par des épines très-solides. Elle s'en était réservé un certain nombre moins précieuses qui lui servirent à tirer contre un but. Chaque jour elle renouvelait cet exercice, à la grande satisfaction de Madge, qui appréciait la justesse des coups. Jane ne tarda pas à devenir aussi habile qu'aucune des Amazones de la Cappadoce. Désormais elle ne faisait plus d'excursion sans avoir sa hache sur l'épaule et son arc en bandoulière. Mais, moins déterminée que les héroïnes des bords du fleuve Thermodoon, elle ne pouvait se résoudre à user de ses flèches, et elle laissait les biches passer impunément devant elle dans les défilés des rochers ou les sentiers omberux,

Le premier emploi qu'elle fit de ses armes fut une bonne action.

C'était le soir; la journée avait été accablante, sous l'haleine du sirocco. Après le souper, les deux sœurs éprouvèrent le besoin d'aller demander un peu de fraîcheur à une partie du bois que Jane avait péniblement nettoyée des herbes parasites et débarrassée des buissons épineux, afin d'en chasser les reptiles et de faire de cet endroit une petite promenade qui offrît quelque sécurité. Madge s'applaudissait de respirer enfin et elle se roulait sur l'herbe avec l'insouciance de son âge, sans se préoccuper de la nuit qui descendait rapidement, lorsque des cris se firent entendre presque au-dessus de la place où étaient les deux sœurs. Une sorte de miaulement terrible y répondit. Les branches et le feuillage s'agitaient; une poursuite acharnée avait lieu sur la cime des arbres qui se touchaient. Aussitôt Jane, ne songeant qu'à la défense, ajusta une flèche à son arc, tout en levant les yeux. Elle aperçut alors le gros singe vert qui fuyait de branche en branche en courant à quatre pattes et tournant la tête avec épouvante. Il avait à ses trousses un chat-tigre dont les yeux flamboyaient. L'animal féroce se tenait constamment au-dessus de sa proie, afin de bondir tout à coup, de la saisir à la gorge et de l'étrangler.

Jane n'hésita point; son arc était bandé; le coup partit : la flèche alla traverser de part en part le corps du chat-tigre, qui, cherchant vainement à s'accrocher à l'écorce de l'arbre, roula jusqu'à terre en poussant des rugissements formidables. Le singe, qui n'en demandait pas davantage, s'éloigna prudemment du théâtre de l'action.

Il va sans dire que Madge s'était enfuie. Trim faisait mine de se jeter sur la bête fauve, qui se tordait en enfonçant dans l'herbe ses ongles puissants. Jane se hâta de l'appeler, pour prévenir les dangers d'une lutte qui eût pu être encore inégale, malgré la gravité de la blessure qu'avait reçue le chat-tigre. Celui-ci, dans ses spasmes de rage, était plus redoutable que jamais; il fallait laisser au temps et à la perte du sang le soin d'épuiser l'animal.

— Madge, Madge, n'aie pas peur! cria la

sœur aînée. Ce méchant ne peut pas nous faire de mal.

Elle rattrapa la petite fille, qui s'était cachée sous une touffe de tamarins et qui ne cessa, durant le reste de la soirée, de parler du vilain chat, qu'elle confondait sans doute avec les matous de son pays.

Le lendemain matin, Jane profita du sommeil de sa sœur pour retourner, bien armée, au lieu du combat. Elle aperçut à cinquante pas de l'endroit où il était tombé le chat-tigre roidi et sans mouvement. Par prudence, elle le tourna et le retourna avec le bout d'un long pieu. La rigidité de l'animal lui prouva qu'il était bien mort. Elle alla chercher son traîneau, y déposa le terrible fardeau et transporta le tout jusqu'à une petite distance de l'habitation. Alors, bien qu'elle se sentît parfois près de défaillir, elle eut le courage de détacher la peau de l'animal. C'était une fourrure destinée à rendre bien des services pour renouveler les chaussures, qui commençaient à voir le jour de plusieurs côtés. Elle étendit cette peau sur le sable pour la faire bien sécher, se proposant de l'oindre plus tard d'huile

de coco. Ensuite elle poussa jusqu'à la mer la
dépouille hideuse du chat-tigre et l'abandonna
aux flots, ne se souciant pas d'attirer par cette
proie toutes les mouches du pays et surtout les
voraces mille-pieds, qu'elle n'avait déjà que trop
de peine à combattre, car une fois Madge avait
été mordue par un de ces insectes.

Toutes ces opérations demandèrent du temps.
La petite voix de l'enfant appelait la sœur aînée,
qui courut au lit de fougères et vit Madge debout et lui tendant les bras.

— Est-ce que le méchant chat est mort? demanda la petite.

— Oui, oui, sois sans crainte.

— Et il n'en viendra pas d'autres?

— Peut-être; mais j'ai des flèches.

Madge rassurée se laissa faire sa toilette, puis
on sortit pour procéder aux soins culinaires.
C'était encore par une de ces matinées déli-
cieuses qui marquent la fin de la belle saison.
Nous devons dire que Jane avait allumé son feu
très-facilement; car, grâce à d'énormes cham-
pignons détachés par elle des arbres où ils
croissent, coupés en tranches et séchés au soleil,

elle s'était fait de l'amadou; du silex et des morceaux de fer trouvés dans le grand coffre lui avaient fourni le briquet; et enfin sur les flancs du volcan éteint elle avait recueilli une certaine quantité de soufre, qui, fondu à la chaleur du feu, lui avait servi à faire, avec du menu bois, de longues allumettes. C'était peut-être la plus utile des conquêtes de son industrie; et, puisque nous sommes sur ce chapitre, nous ajouterons que le cirier lui avait donné une matière verdâtre qui, coagulée et purifiée par l'action de l'eau bouillante, lui procura le moyen de se fabriquer des bougies. La mèche en était composée des filaments du cocotier.

Un certain froissement de feuilles qui s'opérait au sommet d'un bananier fit lever les yeux à la jeune fille. Elle aperçut un spectacle étrange. Sur une branche très-forte était assis le gros singe vert qu'elle avait sauvé la veille. Il avait à sa droite et à sa gauche deux autres singes que leurs rides nombreuses, leur poil blanc et leur air de caducité dénotaient comme de vénérables aïeux. Il leur désignait Jane avec des gestes multipliés, et les deux anciens hochaient grave-

ment leur tête chenue. Évidemment ils se parlaient entre eux une de ces mille langues fami-
lières aux animaux et dont l'homme n'a pas le
secret. Ce qu'il leur disait n'était sans doute que
l'expression d'une vive reconnaissance. En effet,
sa précédente terreur avait bien témoigné chez
lui du sentiment exact de son danger. Sa main
velue s'étendait vers Jane, comme pour rapprocher la distance qui les séparait. En ce moment,
la jeune fille eut une pensée bien naturelle chez
une pauvre naufragée jetée dans une île déserte:
ce fut d'acquérir un ami. Ce singe, si elle l'ap-
privoisait, pourrait lui rendre des services : il
porterait les fardeaux, il tirerait le traîneau; de
plus, ses mille tours et ses gambades trompe-
raient l'ennui des trop longues heures. Elle lui
fit des signes d'amitié et alla déposer au pied
du bananier quelques patates rôties. Puis elle
s'en retourna à sa place. Après quelques moments d'hésitation, les trois singes descendirent,
s'assirent en cercle, se mirent à manger les ba-
nanes; puis les deux anciens s'éloignèrent.
Quant au plus jeune, il fit quelques pas vers
Jane ; mais, intimidé probablement par Trim,

il remonta dans l'arbre et se perdit au sein du
feuillage. Nous n'affirmerions pas qu'il ne se
fût point réservé un petit coin d'où il pût observer les mouvements gracieux de sa libératrice,
de cet être blanc et rose dont il sentait la supé-
riorité. Jane eut soin de gronder Trim pour lui
apprendre à respecter *Green-Man*. Quant à
Madge, elle était toute disposée d'avance à bien
accueillir cet ami, si jamais il se décidait à devenir tout à fait sociable.

— As-tu vu, sœur, disait la petite, il a mangé
comme nous. C'est peut-être un paysan... Il ressemble bien à Tom Dingle.

Ce jour-là, l'entretien ne roula que sur les
chats-tigres et les singes. Comme tous les enfants, Madge questionnait beaucoup, et Jane la
laissait babiller à son aise, tout en poursuivant
avec ardeur sa tâche si variée et si rude.

IV

Nous pourrions entrer dans une foule d'autres détails sur les soins ingénieux que prenait Jane, espèces de découvertes de son intelligence toujours appliquée au bien de la petite colonie; mais nous craindrions de fatiguer nos lecteurs en tenant leurs regards constamment fixés sur un tableau uniforme. Il nous suffira donc d'ajouter que les travaux de la belle saison eurent pour complément la culture régulière d'un carré de terrain, la plantation d'une ceinture d'arbustes destinés à masquer l'habitation, et d'heureuses chasses qui fournirent des fourrures et

des quartiers de venaison. Jane n'avait pas
négligé de se munir de tortues, dont l'écaille
épaisse lui servait, soit de marmites, soit de
vases destinés à contenir les aliments. Peu à
peu, grâce à l'habile pourvoyeuse, la cabane
se garnissait de tout ce qui donne un certain
confort à la vie. Ainsi que nous l'avons dit, Jane
savait que, les années aidant, elle arriverait
à dominer complétement la situation, et, de
plus, qu'elle aurait en sa sœur un auxiliaire
utile. Car, malgré son amour pour le jeu,
la petite regardait, la plupart du temps, très-
attentivement les opérations de son aînée, et
déjà même elle cherchait à lui rendre quelques
légers services.

Les vivres de l'avenir étaient prêts ; les peaux
s'étaient transformées, soit en chaussures légères, soit en mocassins bien chauds ayant le
poil en dedans, soit encore en bonnets. Deux
pantalons et deux vestes de matelot, ajustés par
l'industrieuse Jane et recousus, il est vrai, avec
du fil grossier, avaient remplacé les robes en
lambeaux. C'était, du reste, un costume plus
commode pour les excursions et même pour le

travail. Il ne manquait plus à Jane que de se
former le troupeau qu'elle rêvait.

Elle avait façonné, au-dessus même de sa
porte, un abri chaud et commode où s'établit
une paire de ramiers. Ces oiseaux, de moins en
moins farouches, finirent par entrer dans la cabane et même par se poser sur l'épaule tantôt
de Jane, tantôt de Madge. Leur compagnie était
très-agréable aux deux sœurs. Mais Jane, qui
voulait, à l'instar de feu Robinson Crusoé, se
procurer des chèvres, imagina une grande
chasse au delà de Shanon-River, là où elle avait
vu si souvent passer les amalthées sauvages.
·Son but étant, non d'exterminer, mais d'attirer
ces animaux, les flèches étaient inutiles. Il fallut surtout se mettre en embuscade, garder prudemment le silence, faire taire M. Trim, ce qui
n'était nullement aisé; puis, quand une mère
arriva avec ses petits, Jane désigna à Trim un
chevreau arriéré, sur lequel le chien bondit
avec une ardeur inexprimable. C'était pitié d'entendre le pauvre innocent bêler en invoquant le
secours maternel. Jane ne perdit pas une minute, car Trim eût immanquablement étranglé

sa proie. Elle comprima le chien et fixa un
nœud coulant à l'une des pattes du chevreau,
qu'elle tira doucement à elle et fit avancer malgré sa résistance et ses bonds. Cependant, à une
certaine distance, on eût pu observer la mère
qui passait, entre les arbustes, sa tête encornée
et suivait d'un œil inquiet la marche inégale de
son petit. En arrivant chez elle, Jane ne fut pas
médiocrement surprise de voir Green-Man paisiblement accroupi contre la porte de la cabane.
Il ne s'écarta que très-peu. Jane l'appela de la
voix et du geste; s'il ne vint pas, ce fut sans
doute parce que Trim l'intimidait; mais il en
avait bonne envie.

Le chevreau fut attaché solidement à un arbuste, et l'on rentra dans la cabane, afin de ne
point effaroucher la chèvre. Celle-ci commença
par faire des circuits étendus; elle se rapprocha
ensuite, toujours appelée par le petit, qu'elle
allaita; puis elle s'enfuit, suivie de sa bande. Le
lendemain, elle revint et trouva le chevreau en
train de jouer avec le singe, chacun bondissant
pour son compte et souvent l'un par-dessus
l'autre. Peu à peu la chèvre se familiarisa avec

les nouvelles habitantes de l'île et même avec
Trim et le singe. Il y avait des moments où, en
voyant sauter et courir tout ce monde de formes
si diverses, on se fût cru dans le paradis terrestre, aux jours heureux où le premier péché
n'avait pas rompu la douce et charmante alliance
qui existait entre tous les êtres. Afin de retenir
plus sûrement la chèvre et sa famille, Jane créa
une sorte de parc avec des palissades, et, en
outre, elle eut soin de construire un hangar,
bien abrité, sous lequel ces animaux se retiraient
la nuit. De cette façon, elle ne tarda pas à avoir
un troupeau qui, au bout de quelques mois, lui
fournit assez de lait pour faire des fromages
excellents qu'elle relevait avec le parfum du
bois de piment. Une sorte de phénomène d'at-
traction s'opéra entre les chèvres apprivoisées
et plusieurs de celles qui vivaient encore à l'état
sauvage : peu à peu il y eut de ces dernières qui
se rapprochèrent ; parfois même elles se mêlaient
aux captives, et Jane put espérer qu'un jour
tout cela ne formerait qu'un seul pacage. Leur
instinct conduisait ces animaux à s'unir dans
une espèce de communauté : ils avaient ainsi

moins à craindre les bêtes fauves qui jusqu'alors les avaient décimés.

Mais était-ce bien maître Green-Man qui maintenant avait franchi le seuil de la porte et prenait au logis de telles privautés, qu'il disputait à Trim la moitié de son coin de foin épais et chaud? était-ce bien lui qui s'était fait un ami du chien en lui grattant la tête avec une adresse parfaite et en lui débarrassant le poil des bêtes incommodes qui s'y logeaient? Trim n'était pas d'une humeur patiente; il avait bientôt fait de donner un coup de dent; et pourtant on eût pu voir parfois Green-Man se passer la fantaisie exorbitante d'enfourcher Trim ni plus ni moins qu'un jockey d'Epsom ou de la Marche grimpé sur son alezan. La première fois, Trim avait fait de furieux efforts pour désarçonner ce bizarre cavalier; mais il n'y avait pas réussi: de toute antiquité les singes ont possédé le secret de M. Rarey.

.... L'hiver est venu; la pluie tombe à torrents; une bise glacée gémit et se transforme par moments en une rafale sifflante et lugubre; les journées sont courtes, les nuits enveloppées

d'un manteau de ténèbres et de deuil. Souvent
il vient de la mer un mistral épouvantable qui
fait ployer les arbres; on entend les arbustes se
briser; des hurlements retentissent dans les ca-
vités des rochers; les vagues viennent échouer
avec fracas contre les récifs de corail dont une
partie de la côte est bordée; elles poussent violemment au rivage des troupes de lions marins
dont les rugissements glacent le cœur d'effroi.
Immobile et les mains jointes, Jane pâlit, car
elle sent craquer les parois de sa cabane, et elle
songe en frémissant que si le frêle édifice s'é-
croulait, il faudrait périr de misère et de froid.
Mais, par bonheur, son œuvre résiste par sa
flexibilité même. L'orpheline respire...

C'est qu'aussi elle n'est pas la seule qui soit
attachée à cet humble logis. Sous la lueur vacil-
lante qui s'échappe de la chandelle de cire végétale plantée dans un galet creux, on pourrait
compter les hôtes d'une espèce de ménagerie:
deux ramiers perchés sur des chevilles de bois;
le chevreau favori de miss Madge; un colibri qui
voltige du plafond à la table; un jeune faon pris
au lacet et parfaitement apprivoisé, et dans un

angle Trim et Green-Man se partageant ou plutôt se disputant la meilleure part de la couche
de foin.

C'était un ensemble des plus curieux; il
ne fallait rien moins que cette association
pour tromper l'ennui mortel de la mauvaise
saison.

Non que Jane eût adopté le repos absolu comme
un système à suivre, à cette époque de l'année.
Loin de là, c'était alors qu'elle se livrait avec le
plus de suite à ces travaux d'intérieur qui exi-
geaient l'adresse et la patience. Son aiguille ne
restait pas inactive; le lin, le filament de coco,
celui du plantain, les houppes du coton, le poil
des chèvres, tout se changeait en fil bien tissé.
Mais combien la pauvre Jane avait eu de peine
à confectionner un rouet! que d'essais inutiles
avant d'arriver à faire fonctionner passablement
le mécanisme de la roue et de la pédale!... Et
tandis qu'elle filait, Jane évoquait sans cesse le
souvenir de la vénérable Kate; et elle disait à
Madge :

— Te rappelles-tu notre grand'mère, quand
elle était assise près de la fenêtre?... notre

chère grand'mère qui pleura tant lorsque nous
partîmes... pour ne jamais revenir, hélas!

Madge, qui était une bonne petite fille, et
qui avait la mémoire du cœur non moins que
celle des sens, répondait en agitant sa jolie
tête :

— Oh! oui, sœur, je me rappelle bien notre
grand'mère qui nous embrassait tous matin et
soir et ne nous grondait jamais.

— Et cependant vous faisiez bien du bruit.

— Oh! oui, sœur, nous faisions beaucoup de
bruit, mais grand'mère était patiente... comme
toi.

— Je ne l'étais pas autant qu'elle. Mon Dieu!
comme je voudrais être au milieu de ce tu-
multe... et avoir mes *cinq* chéris!... Vain rêve!
vain rêve!

— Allons, tu vas pleurer...

— Non, non. Vois, je ne pleure pas ; mais je
me disais que notre grand'mère filait son lin,
du matin au soir, et qu'elle était bien courageuse.

Il ne suffisait pas à Jane de déployer tant
d'activité pour des besoins matériels ; un devoir

impérieux, un devoir sacré, lui commandait de cultiver l'intelligence de « son enfant. »

—Madge, dit-elle, tu as su épeler ; le temps est venu où tu dois apprendre à bien lire. Est-ce que cela te plaira ?

La fillette sauta de joie. En Irlande, elle eût peut-être résisté ; mais dans l'île elle avait pris le goût du travail. Cependant elle fit une objection :

—Comment pourrais-je apprendre? Ici il n'y a pas de livre.

—Sois tranquille, ma mignonne; je t'en ferai, moi.

— Tu sais donc tout faire?... s'écria Madge, qui, en effet, avait vu « sœur aînée » réussir dans tout ce qu'elle avait entrepris.

— Ceci n'est pas difficile. Regarde : voici des feuilles de palmier; là-dessus je vais, avec la pointe de mon couteau, tracer les lettres de l'alphabet.

Cette opération, pratiquée avec tout le soin possible, intéressa vivement Madge.

Les lettres simples n'exigèrent pas de l'enfant une forte application.

D'autres feuilles reçurent successivement les diphthongues et les triphthongues.

Puis vinrent les mots de toute longueur, depuis les monosyllabes, si nombreux dans la langue anglaise, jusqu'aux interminables adverbes.

Quand Madge fut en état de lire couramment, Jane lui traça des pages entières. C'étaient, la plupart du temps, des ballades du pays ; et Jane éprouvait un plaisir mélancolique à revivre dans le passé par ces chants plaintifs qu'elle avait recueillis des lèvres de sa mère. En les entendant redire par Madge, elle se reportait à l'époque heureuse où elle-même les disait avec la naïveté de l'enfance.

Oui, l'époque heureuse ! car alors on était *tous* ensemble ; tous autour du foyer, tous à la table modeste.

Alors nul ne manquait dans le chiffre total. Que c'était bon de se compter et de se trouver mutuellement bien portants et de sentir qu'on s'aimait !

A présent ils ont disparu : la mère a quitté la première le foyer désormais triste et muet ; puis les autres sont allés chercher la mort, au bout de cinq mois de navigation, sous les flots de l'Océan.

Lis, Madge, lis les ballades irlandaises; ta pauvre sœur rêve, elle a laissé son âme s'envoler vers le pays natal, et tes seuls auditeurs, ce sont les ramiers, le colibri, le chevreau, le faon, le singe et le chien.

A vrai dire, Madge ne comprenait que faible-ment cette poésie qui, sous la plume de Thomas Moore, a tant d'élévation. Aussi la sœur aînée, pour hâter les progrès de l'enfant, se donna-t-elle la peine d'écrire au long une histoire que l'abbé Reynold lui avait contée, au temps où il suivait, avec sa jeune écolière, la série des voyages « aux lointains pays. »

« Il y avait une fois un Écossais nommé Alexandre Selkirk. Il aimait la mer, sur la-quelle il avait passé son enfance, et il ne se plaisait rien tant qu'à conduire une barque, et aller jeter le filet avec les pêcheurs.

« Lorsque l'âge lui eut donné des forces, il s'engagea comme matelot et partit sur le vais-seau du capitaine Stradling.

« C'était un grand voyage qu'il allait entre-
prendre vers un pays qu'on appelle le Chili.
Alexandre, qui n'avait jamais perdu de vue les
côtes de son Écosse, ne se possédait pas de joie;
et puis, on lui avait fait espérer la fortune, si
bien qu'il se disait : « Je reviendrai riche et
« savant. Aux veillées du village, je raconterai
« toutes les choses des contrées inconnues, et
« chacun m'écoutera avec attention et respect.»
Il avait de vieux parents, et il comptait leur
réjouir le cœur en leur rapportant de quoi
vivre dans l'aisance.

« Malheureusement, il eut une querelle avec
son capitaine, et celui-ci n'agit pas en bon chrétien. Au lieu de ramener le matelot par la douceur ou de se borner à le châtier, il le fit déposer dans l'île inhabitée de Juan-Fernandez,
en lui annonçant qu'on allait l'y abandonner
à son sort. C'était le condamner à mourir.

« Au premier moment, Selkirk parut résigné; sa fierté l'avait empêché de se plaindre :
mais quand il vit que le vaisseau allait s'éloigner, il supplia son supérieur; tout fut inutile; Stradling avait conservé sa colère, et il

mit à la voile sans écouter les prières du pauvre
matelot. Stradling agit comme un païen, et Dieu
a dû le punir.

« Cependant, par un reste de pitié, l'on
avait donné à Selkirk ses habits, son lit, un
fusil, de la poudre, des balles, du tabac, une
hache, un couteau, un chaudron, une bible,
des livres et des instruments de marine. »

— Tu vois, interrompit Jane, qu'il était
mieux muni que nous, qui sommes arrivées
ici ne possédant rien. Mais il était seul, et en
cela il était plus à plaindre, tandis que moi,
le bon Dieu m'a conservé ma petite Madge
pour l'aimer, la soigner et jouir de sa chère
société.

Madge embrassa sœur aînée, puis reprit la
lecture, qui naturellement l'intéressait beaucoup.

« D'abord Selkirk, se voyant dans une île
déserte, lui qui avait eu des parents et des
amis, conçut tant de chagrin, qu'il n'avait de
courage à rien. Il passa plusieurs jours à
errer à travers les broussailles, s'étendre sur
un rocher en face de la mer et pleurer. En-

suite, il eut honte de sa faiblesse, et se dit qu'il lui restait à accomplir un devoir, — le devoir de travailler. »

— C'est comme moi, Madge; j'étais bien bien triste, bien accablée; mais le devoir m'a soutenue, et le travail m'a fait du bien. Silence, Trim; et toi, Green-Man, tu vas avoir de la baguette. Qu'est-ce que c'est que ça?... Oui, mon bon Sam, dit-elle au chevreau, qui lui appuyait son joli museau sur les genoux, oui, tu es bien gentil... mais laisse-nous lire.

L'histoire se poursuivit en ces termes :

« Selkirk pensa donc à son travail, au lieu de songer davantage à son chagrin. Il lui fallait se loger; il fit deux cabanes avec du bois de piment, les couvrit de joncs et les doubla de peaux de chèvres. Sa provision de poudre s'épuisa, bien qu'il l'eût ménagée le plus possible : alors, pour faire du feu, il frotta avec force deux morceaux de bois de piment... »

— Comme toi, sœur!... interrompit Madge, d'un accent d'admiration.

« La plus petite des deux cabanes lui servait de cuisine; il s'était réservé la plus grande pour dormir, prier Dieu et chanter les psaumes. Ah! c'était un vrai bonheur pour ce pauvre homme d'avoir une bible et des livres. Tu sauras cela, Madge, quand tu commenceras à apprendre ta religion... »

Encore une fois Madge interrompit en disant :

— Puisque c'est toi qui m'apprendras à aimer le bon Dieu, je n'aurai pas besoin de livres. Tu es mon livre, toi.

Jane sourit tristement.

— Allons, mademoiselle, lisez.

« Jamais Selkirk ne s'était senti meilleur chrétien. Quand il chantait les psaumes, sa solitude s'animait. Alors il lui semblait que des anges descendaient du ciel pour l'entendre. Il ne mangeait que lorsque la faim le pressait et ne se couchait que quand le besoin de sommeil l'accablait. Le bois de piment l'éclairait, cuisait sa viande et le récréait par son odeur. Il mangeait peu de poisson, mais beaucoup d'écrevisses, qu'il faisait bouillir ou rôtir comme la chair de ses chèvres.

Durant son séjour dans l'île, il tua plus de

cinq cents chèvres, qui lui donnaient un excellent bouillon. Il les prenait à la course,
tant il était devenu agile, à force de grimper
sur les rochers.

« Quand ses souliers et ses vêtements furent
usés, il se fit des vêtements de peau de chèvre, qu'il cousit avec des lanières du même
cuir; un clou lui servait d'aiguille. Il avait
trouvé moyen de se confectionner des chemises
avec des lambeaux de toile, le tout cousu avec
des fils qu'il tirait de ses vieux bas. Son couteau n'étant plus en état de servir, il s'en
fabriqua d'autres avec des morceaux de fer
qu'il trouva sur le rivage et qu'il aiguisa sur
des pierres. Les fruits que lui fournissait l'île
consistaient surtout en prunes noires qui viennent sur le sommet des montagnes. Il ne souf-
frait presque pas du froid, et la chaleur de l'été
était assez modérée pour ne point l'incommo-
der. Ses amis, car il en faut toujours, étaient
des chats qu'il avait apprivoisés et qui le dé-
barrassèrent des rats, dont les attaques lui
avaient été très-cruelles.

« Au bout de quatre ans et quatre mois, il

fut délivré par Woode Rogers, qui était parti
de Kork[1] avec deux petits vaisseaux de guerre
pour aller faire des prises sur les Espagnols.
Une chaloupe, s'étant rendue sur le littoral
de l'île pour en rapporter de l'eau fraîche,
ramena Selkirk, qui pouvait à peine se faire
entendre, tant il avait perdu l'habitude de parler. Il rendit de grands services à ses sauveurs
et les aida à s'approvisionner; puis il dit adieu
à son île, qu'il avait prise en affection, et où il
s'était bien cru destiné à mourir. »

Nulle histoire ne pouvait causer à Madge une
impression plus forte. C'était la sienne, non
pas dans le passé, mais dans le présent. Jane
surtout, qui avait écrit cette anecdote en tâchant de la mettre à la portée de sa sœur,
mesurait tristement la ressemblance frappante
qu'il y avait entre leur sort et celui d'Alexandre
Selkirk, l'exilé de Juan Fernandez.

— Eh bien, dit-elle, tu vois, ma mignonne,
que nous ne sommes pas les seules que le bon
Dieu ait conduites dans une île déserte. Comme
nous Selkirk se vit séparé de tous ceux qu'il avait

[1] Le 1er septembre 1708.

connus et aimés; comme nous, il dut suffire à
ses besoins en luttant contre tout ce qui l'entourait. Mais nous avons des actions de grâces à
rendre à Dieu; car nous sommes moins à plaindre
que ce pauvre matelot. Notre île est plus belle,
plus féconde que la sienne; il n'avait presque
pas de fruits, ou bien il devait aller les chercher
sur le haut des montagnes, tandis qu'ici les
fruits abondent et sont sous notre main; il n'a-
vait réussi à apprivoiser que des chats : nous,
au contraire, nous avons le meilleur ami de
l'homme, notre chien fidèle. Et, en outre, nous
nous sommes fait toute une société aussi variée
que gentille. Il n'y avait dans l'île d'autre Selkirk que lui : il y a Jane auprès de Madge,
Madge auprès de Jane. Nous nous aimons, nous
nous parlons, nous travaillons ensemble et l'une
pour l'autre. Ah! remercions Dieu. Sans toi, je
le sens, ma chère Madge, jamais je n'eusse eu
le courage de faire la dixième partie des choses
que j'ai faites; j'eusse peut-être commis le crime
de me laisser mourir. Le ciel a eu pitié de nous,
puisqu'il ne nous a point séparées... et j'espère
qu'il ne nous séparera jamais!

— Jamais !... répéta Madge en jetant ses bras
au cou de sa sœur aînée.

.   .   .   .

Mais la jeune fille n'avait exprimé qu'une
partie de sa pensée, et surtout elle avait coloré
de douces nuances des réflexions bien sombres.
Quand l'heure du repos fut arrivée, quand chacun des animaux familiers se fut confiné en sa
place et abandonné au sommeil, Jane éteignit la
bougie et se jeta sur sa couche de varech. Là,
sans songer à partager avec tout son monde la
quiétude que donne une bonne nuit, elle reprit
pour elle-même la comparaison de son sort avec
celui de Selkirk.

— J'ai trompé Madge, se disait-elle, en lui
peignant notre sort comme préférable à celui de
Selkirk. Non, cet homme était plus heureux que
moi. Son isolement, quelque pénible qu'il fût,
ne pouvait être aussi douloureux que le mien :
car le mien n'est pas né de ma faute, mais il m'a
été imposé ; il est venu après la tempête, après
le cri affreux des êtres chéris qui périssaient.
Oui, avant d'être jetée sur cette plage, j'ai vu
tout succomber autour de moi. J'ai donc plus

souffert qu'Alexandre Selkirk, car j'ai souffert
dans ceux que j'aimais... et je ne puis faire un
pas dans l'île sans songer qu'ils ont péri là-
bas, sans m'imaginer que j'entends leur cri de
détresse...

Ainsi ce n'était pas le présent avec ses mi-
sères qui torturait Jane, c'était le passé avec ses
pertes.

Pauvre Jane! elle avait trop de mémoire!

V

Toute la mauvaise saison s'écoula dans une
vie variée par le travail et l'étude, de sorte que
Madge ne connut pas l'ennui. Son intelligence
avait fait des progrès considérables, tellement
même que Jane jugea qu'il convenait de commencer à ouvrir son âme aux vérités religieuses.
Elle était devenue la protectrice, la mère, le
soutien de cette enfant; il lui appartenait aussi
de la conduire doucement, pas à pas, sur le chemin qui mène au ciel. La voyant si bien disposée à tout apprendre, elle se fût reproché de
retarder son éducation morale.

Ainsi elle dit à Madge ces grandes choses que

12.

les peuples conservent et se transmettent comme
un flambeau précieux pour ne plus retomber
dans les ténèbres et la honte de l'idolâtrie. Elle
lui fit comprendre la majesté, la bonté, la puissance du Créateur, en lui racontant la création.
Elle exposa la chute de l'homme et la venue du
mal sur la terre. Elle chercha à lui démontrer
le mystère sublime de la Rédemption. Elle lui
dit comment, après notre court passage en ce
monde, des récompenses inestimables attendent
les âmes des bons ; et Madge fut satisfaite de
penser que ses frères et sœurs goûtaient le
bonheur avec Robert et Mary. Elle lui exposa
l'utilité de la prière ; en un mot, elle grava
dans ce jeune cœur des impressions ineffa-
çables.

— Tout secours nous manque, disait-elle ;
nous n'avons pas ici monsieur le curé, ni notre
église ; nous n'entendrons jamais la messe, ce
qui fait tant de bien ; mais nous pouvons prier
matin et soir, et Dieu nous écoutera.

— Tu en es sûre ?... demanda naïvement
Madge.

— Oh ! peux-tu en douter maintenant ?...

Est-ce que je ne t'ai pas expliqué la puissance
du Maître de ce monde?

— Oui, dit Madge; il voit tout et entend
tout.

— Très-bien, mon petit ange! il accueillera
les prières.

S'il y avait eu quelque chose de touchant
dans les soins prodigués par Jane à la faiblesse
de Madge ; si, comme l'oiseau qui sort du nid
pour trouver la nourriture de ses petits, la sœur
aînée avait su chercher et découvrir ce qui pouvait soutenir l'existence matérielle de l'enfant ;
si elle l'avait garantie tour à tour contre le
chaud et le froid ; si elle l'avait habillée, dis-
traite, amusée, défendue ; combien c'était un
ministère plus noble encore qu'elle exerçait envers cette frêle créature en la faisant sortir des
ombres de l'ignorance pour l'amener à la lumière de la foi! Elle avait protégé le corps;
mais c'était peu aux yeux de Jane, qui maintenant donnait à l'âme la plus précieuse culture.

Il en résulta pour Madge des dons de persévérance et de courage qu'elle avait été loin de pos-

séder à un degré égal. Quand vint le printemps,
elle était en état de seconder sa sœur autant que
le permettaient ses forces. Ce qu'elle eût fait naguère par soumission, elle le faisait à présent
par zèle. Elle était devenue, par exemple, une
habile batteuse de beurre, et elle savait très-
bien surveiller la confection d'une soupe à la
tortue.

Depuis le retour de la belle saison, l'on mangeait en plein air, à deux pas de la cabane, sous
une sorte d'auvent composé de légers bambous
et de feuilles, et appelé par Jane la « maison de
campagne. » A ces moments-là, c'eût été un tableau comique et pittoresque que celui des animaux familiers qui entouraient la table et solli-
citaient tous, chacun à sa manière et dans son
langage, quelque miette du festin. Ce n'est pas
que Trim s'abstînt de manifester par un grognement sourd sa jalousie d'ancien serviteur ; mais
les autres, s'ils s'écartaient une minute, revenaient vite à la charge, et Green-Man n'était ni
le moins tenace ni le moins avisé. On n'avait
jamais été meilleurs amis, quand un événement
imprévu vint jeter le désordre dans la colonie.

Une matinée lourde et accablante pesait sur l'île et semblait y avoir suspendu la vie. Quoique la nuit eût cessé, tout était comme endormi. Il n'y avait pas un souffle d'air à respirer; le soleil dardait ses rayons les plus ardents. Tous les animaux qui se plaisent sur le rivage en avaient disparu. On eût dit que la mort avait enveloppé soudain l'île entière et sa ceinture d'eau.

Trim, accablé de chaleur dans la chaumière même, était allé par instinct demander un peu de fraîcheur humide à des palétuviers qui croissaient près d'une petite mare.

Les chèvres étaient accroupies, oubliant de brouter.

Green-Man s'était réfugié sur la cime d'un palmier.

Les deux sœurs se trouvaient seules, assises à l'ombre de la cabane, quand Madge, qui avait la vue très-longue, dit en attachant sur l'Océan un regard de satisfaction :

—Quel bonheur, Jane! quel bonheur! voilà des bateaux qui viennent nous délivrer!...

Mais, à ces mots d'allégresse, Jane répondit

par un cri d'épouvante. Elle aussi avait la vue longue ; elle aussi venait d'apercevoir ce que Madge prenait pour les chaloupes d'un bâtiment européen.

— O malheur ! malheur !... murmura-t-elle, n'ayant pas même la force de comprimer sa douleur par égard pour Madge.

Ses genoux se heurtaient, ses mains se tordaient dans une angoisse inexprimable; des larmes avaient jailli de ses yeux.

Madge, toute troublée, contempla sa sœur et l'interrogea du regard.

—O malheur ! malheur ! répéta Jane, se laissant tomber la face contre terre.

Mais, comme Madge éperdue d'effroi commençait à jeter des cris à son tour, Jane, recouvrant aussitôt sa force habituelle, se dressa sur son séant et couvrit de sa main les lèvres de la fillette en disant :

— Tais-toi ! tais-toi !... ceux qui viennent à nous ne sont pas nos compatriotes, nos amis... Ce sont des sauvages!

Bien souvent, sans vouloir effrayer la petite, mais par suite de l'appréhension qu'elle en avait

elle-même, Jane avait parlé à Madge de ces farouches Océaniens dont la barbarie est encore loin
d'avoir cédé à l'influence européenne. Aussi
Madge comprit-elle, et le tremblement gagna-t-il
ses membres.

Jane l'embrassa tendrement.

— Rassure-toi, dit-elle. Dieu nous défendra
peut-être; il ne voudra pas que ces méchants
hommes nous fassent du mal.

Un instant elle pensa que les pirogues rase-
raient l'île sans s'y arrêter; mais cet espoir fut
déçu, car les pirogues, au nombre de cinq, mon-
tées par trente Océaniens, gouvernèrent droit sur
le rivage.

Par quel hasard cruel venaient-elles de ce
côté, lorsque jamais trace d'homme n'avait été
empreinte sur le sable?

Jusqu'alors, tout en pensant à la possibilité
d'un débarquement de quelques indigènes, Jane
s'était sentie rassurée par la solitude complète
de son île et l'escarpement des côtes.

La mort, — et quelle mort! — apparaissait
avec les sauvages.

L'Océan était très-agité : non que le vent souf-

flât; au contraire, pas une brise rafraîchissante
ne tombait d'un ciel rouge comme la brique.
Les causes du mouvement désordonné des vagues
étaient latentes; on eût dit qu'il se faisait une
tempête sous-marine.

Tour à tour les pirogues, longues et étroites,
escaladaient les cimes des montagnes liquides,
puis plongeaient dans des abîmes, sans que ceux
qui les dirigeaient parussent inquiets des dangers qu'ils pouvaient courir. Ils s'indiquaient
du doigt la place où ils voulaient aborder, et
ils l'atteignirent avec une précision qui eût fait
honneur aux marins les plus exercés.

Les deux sœurs se tenaient accroupies, immobiles, n'osant respirer, encore moins parler.
A travers le feuillage, elles pouvaient voir sans
être vues.

Pour elles, le parti le plus prudent peut-être
eût été de fuir vers la montagne; mais à quoi
bon? Les sauvages ont un si merveilleux instinct, que la trace des pas les guide sûrement, et
une telle vélocité, que la victime ne saurait leur
échapper. Jane n'ignorait pas que les Océaniens
sont pour la plupart anthropophages, et elle se

disait, en outre, que si ces barbares épargnaient
par miracle sa vie et celle de sa sœur, ce ne serait que pour s'assurer deux esclaves qu'ils tour-
menteraient avec mille raffinements de cruauté.
Jamais elle ne s'était sentie plus accablée, même
au moment terrible où le vaisseau brisé avait
sombré dans l'abîme.

La mort s'avançait sous les traits hideux des
trente cannibales. Ils poussèrent habilement
leurs pirogues de manière à les engraver, les
lièrent ensemble pour qu'elles offrissent plus de
résistance aux flots, puis sautèrent légèrement
sur le rivage, où ils parurent tenir conseil sur
la direction à prendre.

Ils étaient vêtus, à partir de la ceinture,
d'une étoffe brune. Leur barbe était coupée;
leurs cheveux très-noirs et luisants tombaient à
plat sur les épaules; des taches circulaires, formées de points tatoués, couvraient leurs bras et
leur poitrine; des anneaux d'écaille de tortue
pendaient à leurs oreilles, d'une grandeur dé-
mesurée. Leur physionomie, rendue plus atroce
encore par le vermillon, avait une expression
de mobilité et de violence. Ce qui ne contri-

13

buait pas à l'adoucir, c'étaient des colliers d'os
ou de dents humaines, — dépouilles prises sur
des ennemis et portées fièrement. Chacun des
sauvages était armé, qui d'une massue plate et
pointue, qui d'une massue ronde et à gros
nœuds ; tel brandissait la zagaie à la pointe den-
telée, tel autre avait à la main un arc de six
pieds de long.

Ils se réunirent en cercle et parurent parler
avec beaucoup d'animation. Plusieurs fois ils se
montrèrent mutuellement la place où les deux
pauvres filles se tenaient blotties, et Jane fris-
sonna. S'ils venaient de ce côté, ils ne tarde-
raient point à découvrir la cabane et ses acces-
soires. Oh ! quelle œuvre de dévastation ils
accompliraient ! avec quelle rage joyeuse ils
détruiraient tout !

Selon toute apparence, ils ne jugèrent pas ce
lieu assez ombreux pour ce qu'ils voulaient
faire. Ainsi, après un moment d'hésitation, ils
se dirigèrent vers un point plus éloigné... et
Jane respira.

Quatre d'entre eux se détachèrent et firent
plusieurs voyages aux pirogues. Chaque fois ils

en rapportaient des cadavres roides et enveloppés de bandelettes ou de pagnes aux couleurs
éclatantes.

Ayant rangé soigneusement ces corps sur une
ligne, ils procédèrent à une sorte de cérémonie
funèbre.

D'abord ils se teignirent le visage, le cou, les
bras et la poitrine d'une poudre bleue qui les
rendit plus hideux que jamais.

Puis, celui qui paraissait le chef et celui qui,
selon toute vraisemblance, était le sorcier, re-
vêtirent l'un un chapeau de plumes de paon,
l'autre un manteau blanc qu'il drapa fort habilement sur ses épaules.

Chacun, parmi les autres, passa une baguette
dans la cloison de son nez, pendant que le chef
donnait gravement le signal à un musicien qui
souffla par les narines dans une flûte de bambou
à quatre trous.

Après cette mélodie, deux chanteurs s'avancè-
rent pour alterner l'hymne funèbre.

« Il n'y a plus de vie pour moi, » dit le premier; « ce qui m'en reste ne sera qu'ennui

« et amertume; le soleil qui m'animait s'est
« éclipsé ; la lune qui m'éclairait s'est obscurcie;
« l'étoile qui me conduisait a disparu. Je vais
« être enseveli dans une nuit profonde, et
« abîmé dans une mer de pleurs et d'amer-
« tume. »

A peine ce chanteur avait-il cessé que l'autre
s'écria :

« Hélas! j'ai tout perdu ! Je ne verrai plus ce
« qui faisait le bonheur de mes jours et la joie
« de mon cœur. Quoi! la valeur de nos guer-
« riers, l'honneur de notre race, la gloire de
« notre pays, le héros de notre nation n'est
« plus! il nous a quittés! Qu'allons-nous deve-
« nir? La vie nous sera désormais impor-
« tune. »

Ensuite les sauvages se formèrent sur deux
rangs et se mirent à exécuter des danses sym-
boliques, dont le sens caché devait être le deuil.
Tantôt ils s'approchaient des cadavres, se pen-
chaient, et, avec les plus violentes démonstra-

lions, leur juraient souvenir éternel ; tantôt ils
s'en éloignaient brusquement, se dispersaient et
couraient d'un air hagard et d'un pas irrégulier
en brandissant leurs armes et menaçant de l'œil
et du geste l'ennemi imaginaire qui viendrait
jamais troubler le repos de leurs chers morts.

Le moment était venu de creuser la tombe où
les corps seraient étendus côte à côte.

Des haches de pierre tranchante tinrent lieu
de pioche...

« O mon Dieu ! pensa Jane, c'est ici sans
doute qu'ils ont l'habitude de venir déposer leurs
morts... C'en est fait, nous sommes perdues !...
Si ce n'est pas aujourd'hui qu'ils nous décou-
vrent, ce sera un autre jour ; ils reviendront
quand nous nous y attendrons le moins. »

L'opération avançait ; la fosse devenait plus
large et plus profonde ; à un signal du sorcier,
le travail s'arrêta. Les Océaniens s'étendirent
sur l'herbe et se passèrent tour à tour de grosses
bouteilles d'osier parfaitement tressé, toutes
pleines d'arak. Cette boisson fermentée ne tarda
pas à opérer son effet habituel sur les sauvages,
qui entrèrent dans un délire frénétique et se

coupèrent chacun une phalange pour témoigner de leur respect envers les parents ou amis morts...

Jane, qui avait tout contemplé, ne put résister à ce spectacle affreux ; elle ferma les yeux et se rejeta en arrière.

Soudain il lui sembla que la terre se dérobait sous ses pieds, que les arbres ondulaient, que des grondements sourds et mystérieux se faisaient entendre à peu de distance. Elle rouvrit les yeux et vit les sauvages donner des signes d'agitation, placer à la hâte les corps dans la tombe et les recouvrir non moins précipitamment.

Le ciel s'obscurcissait ; des nuages couleur de cendre pesaient sur la mer ; parfois ils se heurtaient ; des éclairs s'en échappaient, et la foudre roulait avec fracas.

Trim, chassé de sa retraite par cette convulsion de la nature, aperçut pour son malheur les étranges visiteurs de l'île. C'était un animal déterminé, ne comptant pas le nombre de ses adversaires. Ces hommes lui parurent suspects ; il courut sur eux en aboyant avec fureur.

Les sauvages ne l'eurent pas plus tôt remarqué qu'ils jetèrent le cri : « *Woâ! woâ!* » et s'élancèrent au-devant du pauvre chien en brandissant leurs armes, non pour le tuer, mais pour s'emparer de lui ; car Trim, qui était d'une grande beauté et d'une forte taille, ne ressemblait pas aux chiens de l'Océanie, et les indigènes comprirent sur-le-champ que ce serait pour eux une capture précieuse. Il essaya de fuir, mais son agilité n'était pas comparable à celle de ces démons cuivrés, qui lui coupèrent la retraite, le saisirent et le garrottèrent étroitement.

Les deux sœurs entendaient ses gémissements; mais que pouvaient-elles faire pour le secourir? Elles eussent tremblé bien davantage encore, les pauvres filles! si elles avaient su que les sauvages se disaient entre eux : « Comment ce chien, d'une espèce étrangère, se trouve-t il ici?... Y aurait-il des *visages pâles* dans cette île?... »

Ce soupçon eût sans doute été suivi immédiatement d'une perquisition sans la secousse épouvantable qui, au même instant, imprima une

convulsion générale·à l'île. Les arbres ployè-
rent; plusieurs de ces colosses centenaires furent déracinés ; les ruisseaux devinrent des torrents; le cratère éteint se ralluma, et son cône
se brisa sous l'effort d'un fleuve de lave ardente
qui d'abord s'élança en gerbe rougeâtre, puis
descendit impétueux sur les flancs de la montagne...

Pénétrés d'effroi et voyant dans ce cataclysme
un effet de la colère de leurs divinités, les sauvages s'enfuirent vers leurs pirogues, que la mer
bondissante secouait avec violence, comme pour
les entraîner au large. Trim, tenu par un *lasso*
de cuir, fut obligé de les suivre.

Le ciel était de couleur pourpre ; les détona-
tions du volcan se succédaient fréquentes et de
plus en plus furieuses. On eût dit que l'île allait
s'émietter en débris et rentrer dans le sein de
l'Océan...

Courbés sur leurs rames, les sauvages s'éloignaient à la hâte...

Trim semblait avoir deviné leur abattement.
Tout à coup il mordit la main de celui qui le tenait; le sauvage poussa un cri de douleur, et

aussitôt le chien se lança à la mer et se mit à nager dans la direction de l'île.

Il avait failli faire chavirer la pirogue.

Sa fuite causa une clameur de rage. Plus de dix zagaies furent lancées contre lui. Une seule l'atteignit à l'épaule. Sans se laisser arrêter par la souffrance, le fidèle Trim continua de nager, et après une lutte désespérée il gagna la plage, où il demeura presque inanimé, couché sur le flanc et perdant tout son sang par sa large blessure.

—Oh! que ne pouvons-nous le secourir! disait Jane en se tordant les mains. Hélas! tout nous accable... Ce volcan aura peut-être détruit notre habitation... peut-être les sauvages vont-ils revenir...

— Vois-donc, sœur, murmura Madge, ce pauvre Trim ne remue plus. S'il était mort!... Allons le relever...

—Garde-t'en bien!... Ces hommes nous apercevraient... Il faut attendre...

Cette nécessité fut pour elles le plus cruel sacrifice. Penser que Trim se débattait dans l'agonie et ne pas oser s'avancer jusqu'à lui!... Oh! c'était affreux!...

Ce qui les rassura un peu, ce fut précisément ce qui eût dû les épouvanter, c'est-à-dire une recrudescence des explosions volcaniques.

C'était pour elles une garantie contre le retour des Océaniens.

Ayant calculé le temps, elles se hasardèrent enfin à sortir de leur asile et descendirent en rampant jusqu'au rivage. Jane s'était munie d'une calebasse contenant de l'eau, ainsi que d'un grand morceau de toile de lin.

— Trim!... dit-elle, pauvre Trim!...

Le chien souleva sa tête languissante, fit un mouvement, puis se laissa retomber.

La jeune fille retira avec toute la précaution possible la zagaie qui était restée fixée dans l'épaule de l'animal; elle lava la plaie; puis, ayant plié l'étoffe, elle en fit une compresse qu'elle attacha de son mieux.

Ensuite Jane et Madge, unissant leurs forces, essayèrent de soulever le chien pour l'emporter jusqu'à la cabane. Tentative inutile; le fardeau était trop pesant.

— Mon Dieu! dit Madge, s'il reste ici, il pé-

rira de froid... Et puis les lions de mer viendront l'attaquer...

— Non, s'écria Jane... J'ai un moyen! viens
vite!

Elles coururent vers l'habitation, craignant
de n'y trouver qu'un monceau de ruines. Mais
la frêle maison avait parfaitement résisté au
tremblement de terre, et tout y était à sa place,
sauf quelques menus objets qui avaient été renversés. Jane cherchait le traîneau. Elle y mit
double corde, et retourna au rivage avec ce véhicule sur lequel on installa Trim, non sans bien
des difficultés. Il fallut beaucoup de temps pour
opérer le sauvetage du chien; mais avec de la patience l'œuvre fut accomplie, et Trim fut étendu
sur sa couche de foin. Jane lui fit boire du lait,
le couvrit de feuilles sèches et de peaux pour lui
rendre la chaleur; puis, sans avoir le courage
de souper, elle se jeta sur son lit; sa sœur l'imita.

Les pauvres filles étaient partagées entre les
larmes et leur reconnaissance envers Dieu, qui
les avait si manifestement protégées.

Aucun de leurs animaux familiers n'était revenu.

La nuit était sombre ; aux coups de tonnerre avait succédé une pluie diluvienne.

Le volcan continuait de gronder et de lancer l'incendie.

Sur l'Océan il n'y avait plus de traces des pirogues.

VI

La nuit fut longue et triste. Le bruit du volcan, bien qu'il s'affaiblît d'heure en heure, ne
permettait pas au sommeil de réparer les forces
des orphelines. Jane surtout était en proie à
cette insommie pleine de fièvre et de visions
bizarres qui porte le sang à la tête. Plusieurs
fois elle se releva pour aller s'assurer de l'état
de Trim, qui respirait péniblement. Le fracas
lointain des vagues, la rafale gémissante, la
remplissaient d'un effroi qu'elle ne pouvait dominer. Il lui semblait toujours entendre des
pas furtifs; il lui semblait qu'on écartait les
branches, qu'on forçait la palissade, qu'on

s'approchait de la cabane. A toute minute elle se figurait que les sauvages allaient entrer en proférant leur cri terrible de *Woâ!* et en brandissant leur casse-tête.

Elle se glissait dehors sur la pointe du pied, et écoutait... Mais il n'y avait pas d'autres voix que celles de la rafale, de la mer et du volcan.

Jamais elle n'avait attendu le jour avec plus d'impatience. Vers le matin, elle céda à l'épuisement et goûta quelques moments de sommeil. Tout à coup elle s'éveilla en sursaut et se dressa avec épouvante sur son lit... On grattait à la porte.

Elle entr'ouvrit sa petite fenêtre et hasarda un regard dehors.

Ce qui avait causé son effroi, c'était l'honnête Green-Man, qui paraissait pressé d'entrer.

Elle parla au singe par la croisée comme pour l'exhorter à la patience, s'habilla, puis ouvrit.

Green-Man bondit dans la chambre en poussant des cris joyeux, et sautant à droite et à gauche; il caressa de sa patte velue les joues de sa protectrice, et s'en alla ensuite faire sa visite à Trim, qui, en l'entendant, avait cherché, mais en vain, à se retourner.

A la vue du chien blessé, le singe donna des signes de stupéfaction et de tristesse. Il lui adressa ses grimaces les plus amicales, lui gratia la tête et le secoua comme pour le ranimer. Le pauvre Trim le regardait d'un air amical, mais il s'affaiblissait de plus en plus. Une écume blanche et épaisse s'était formée au coin de sa gueule; ses yeux étaient injectés de sang, sa respiration entrecoupée.

— Hélas! dit Jane, ces misérables l'ont frappé avec un fer empoisonné! Il n'y a pas de remède.

Trim gémit comme s'il l'avait comprise.

Le singe, morne et tremblant, s'était mis dans un coin sans toucher aux aliments que Madge lui avait donnés.

Jane pansa de nouveau le chien, qui se laissa faire docilement. Un instant il parut se ranimer; mais cet éclair de vie ne dura point; une convulsion atroce, torturant le malheureux animal, le rendit presque méconnaissable. Ses dents étaient serrées, ses yeux sortaient de leurs orbites ; il se dressa, tourna sur lui-même, puis tomba sur le côté en s'étirant et expira.

Des sanglots retentirent alors dans la cabane. Un frère n'eût peut-être pas été pleuré plus amèrement.

— Trim ! Trim !... criaient les deux sœurs.

Trim ne devait plus répondre ; il n'entendait plus les voix connues et douces qui l'appelaient avec tendresse ; il ne voyait pas les larmes qui coulaient pour lui !

Le pauvre serviteur !... du moins il était mort près de celles qui l'avaient aimé...

En le perdant, les deux sœurs sentaient qu'elles achevaient de perdre la patrie. Trim était un souvenir vivant de l'Irlande : il avait été quelque chose dans un passé à jamais fini, et peut-être s'en souvenait-il. C'était une intelligence sagace, et il comprenait le langage humain !...

Allons, Jane, reprends le traîneau. Unissez vos forces, chers enfants, et conduisez la dépouille glacée vers un ombrage tranquille sous lequel elle puisse reposer en paix.

Ce fut un triste voyage. Green-Man suivait
de loin, comme s'il avait saisi le sens de ce
qu'on faisait. Les chevreaux et leurs mères, revenus au pacage, accompagnèrent par habitude
Jane et Madge.

Quel changement depuis la veille!... Le volcan avait repris, pour des siècles peut-être, son
calme habituel; seulement il fumait encore,
mais les traces de sa fureur étaient empreintes
dans l'île entière. Une forêt où jamais le jour
ne pénétrait avait été fauchée comme un tapis
d'herbe; les arbres renversés avaient leurs racines en l'air; les cimes étaient à demi couvertes
de cendres encore chaudes; des troncs énormes étaient calcinés; la petite rivière avait disparu, et dans son lit desséché étaient étendus
des ornithorhynques que l'invasion du feu avait
surpris, et des poissons qui, tout grillés, se des-
sinaient sur la couche de lave. A un mille de
là, dans une prairie, coulait une rivière nouvelle, alimentée par les mêmes sources qu'un
obstacle insurmontable avait repoussées vers un
autre point. Les plus beaux cocotiers, les bananiers les plus vieux, gisaient sur le sol. Tout

était transfiguré; et malheureusement la récolte
des fruits serait bien diminuée.

Cette préoccupation n'affecta pas Jane, qui
en ce moment était absorbée par le chagrin.

Une fosse fut creusée : Trim y fut descendu.
Pour le protéger, Jane le couvrit de rameaux
de *toa;* puis elle ramena la terre, et, afin de
prévenir les agressions des bêtes fauves, elle
apporta en ce lieu les plus grosses pierres
qu'elle put trouver, et elle en fit une pyramide.
Au haut du monument grossier elle posa un
morceau de lave grise sur laquelle elle grava
avec la pointe de son couteau cette touchante
inscription :

> TO THE MEMORY OF TRIM,
> A POOR DOG, BUT OUR FRIEND.
>
> A la mémoire de Trim,
> Un humble chien, mais notre ami.

Il fallut ensuite prendre le chemin de l'habitation. Ah ! ce n'était plus comme autrefois
avec le joyeux compagnon qui bondissait et animait tous les échos par ses aboiements.

Ce retour fut silencieux. Les soupirs remplaçaient les paroles.

Madge n'était pas bien remise encore de l'effroi que lui avaient inspiré les sauvages. Mais, de ce côté, Jane n'avait plus d'inquiétude. Elle se disait que la superstition éloignerait à jamais ces cannibales d'une île qu'ils croiraient désormais habitée par des génies malfaisants.

Ce péril immense avait inspiré à Jane une prière qu'elle écrivit pour la faire répéter tous tous les jours à Madge :

« Mon Dieu, votre bonté vient d'éclater sur nous, plus grande que jamais. Vous avez voulu nous éprouver et nous faire sentir combien nous avons besoin de votre protection en envoyant dans cette île des hommes cruels et sans pitié. Ils sont cruels parce qu'ils ne connaissent pas votre nom et votre loi. Puissiez-vous un jour les éclairer de vos lumières ; alors ils deviendront miséricordieux et ils pourront, comme vos autres enfants, entrer dans votre saint paradis. Soyez béni, ô mon Dieu, pour la grâce que vous nous avez manifestée. Toutes nos pensées sont à vous, et nos cœurs vous appartiennent. »

Souvent les deux sœurs parlaient de Trim.
La beauté du climat, la végétation plus active
que jamais, les fleurs si abondantes, tout avait
effacé les traces de l'ouragan et du tremblement de terre. Mais cette félicité matérielle ne
rendait que plus triste l'absence du vieil ami.

— Pauvre Trim !... disait tantôt Jane, tantôt
Madge.

Et Green-Man, qui maintenant trouvait trop
large son lit de foin, semblait dire aussi dans
l'idiome de sa race :

— Pauvre Trim !...

VII

Plusieurs années s'écoulèrent dans cette vie à deux, que le travail rendait moins monotone. On n'y connaissait plus le dimanche, mais on y sanctifiait tous les jours par la prière.

Madge n'était plus la fillette toute craintive qui avait besoin des soins les plus tendres et les plus multipliés.

Elle avait grandi ; elle avait atteint sa onzième année, et déjà sa taille égalait presque celle de sa sœur. Son éducation active avait développé ses forces, en même temps que les paroles, l'exemple, les exhortations pieuses de

Jane ouvraient sans cesse à son esprit des horizons vastes et lumineux.

Toujours ensemble, toujours prêtes à s'entr'aider, les deux sœurs s'étaient partagé l'admi-
nistration de la petite colonie. Peu à peu Madge
avait appris à imiter Jane dans tous les travaux
dont celle-ci s'acquittait si habilement. A son
tour elle savait filer, soit le coton, soit les ligaments du cocotier; ses doigts avaient acquis une
grande dextérité à tisser les étoffes; enfin, pour
battre le beurre et faire le fromage, elle était
aussi adroite que pas une tenancière de Munster.
La besogne, ainsi répartie, était devenue beaucoup moins lourde; l'on trouvait du temps pour
le jardinage, et rien n'était plus joli, plus frais
que les plantations qui entouraient la cabane et
servaient à la voiler. Parfois on s'en allait, en
se tenant la main, jusqu'au bord de la rivière,
et là les deux sœurs, assises l'une près de l'autre, évoquaient les souvenirs déjà si éloignés du
pays, et chantaient à l'unisson cette ballade de
Thomas Moore :

> Érin, les larmes et les sourires dans tes yeux
> Se mêlent comme les nuances de l'arc-en-ciel

Qui descend sur tes horizons!
Brillant à travers le flot du chagrin,
Sombres à travers l'édifice du plaisir,
Tes soleils, à l'éclat douteux,
Sont humides lorsqu'ils se lèvent.

Érin, tes larmes silencieuses
Ne cesseront jamais de couler.
Érin, ton sourire languissant jamais ne s'illuminera;
Jusqu'à ce que, comme l'iris de l'arc-en-ciel,
Tes teintes diverses s'harmonisent,
Et forment sur le ciel
Un arc pacifique!

Oh! c'était si bon de chanter les vers du grand poëte irlandais, de celui qui fut aussi bien l'ami du pauvre que des puissants! de celui qui prêta son âme aux douleurs de tout un peuple! Les deux sœurs savaient tous ces chants sympathiques; en cela comme pour le reste, c'était Jane qui avait fait l'éducation de Madge. Elles se plaisaient encore à unir leurs voix pour chanter :

Voici la dernière rose d'été;
Elle est demeurée seule, épanouie;
Toutes ses jolies compagnes
Sont desséchées et tombées.

Plus une fleur amie,
Plus un bouton de rose n'est là
Pour refléter sa pourpre
Et lui donner soupir pour soupir.

Je ne te laisserai pas, toi qui restes solitaire,
Dépérir sur ta tige ;
Tandis que les cœurs aimants sont endormis,
Va dormir avec eux.
Ainsi je sèmerai pieusement
Tes feuilles sur le lit,
Où les compagnes du jardin
Gisent sans parfum et sans vie.

Oh ! puissé-je te suivre,
Aussitôt que l'amitié se retirera de moi,
Aussitôt que de la couronne brillante de l'amour
Se détacheront l'une après l'autre les pierreries.
Quand les cœurs sincères sont desséchés,
Quand ceux qui étaient tendres sont devenus altiers,
Oh ! qui voudrait habiter
Dans la solitude, ce monde pâle et froid ?

Nous aimerions à les transcrire toutes ces mélodies irlandaises qui donnaient aux heures une marche moins lente. C'étaient autant de souvenirs, d'impressions ; c'était la langue du pays. Surtout, oh ! surtout les deux sœurs étaient émues en redisant les strophes si touchantes : *The Irish peasant to his mistress*[1]. C'est une invocation à l'Église d'Irlande, courbée sous un joug pesant, obligée de défendre la foi dans les pauvres âmes qui lui sont confiées...

Jane et Madge chantaient ainsi :

A travers le chagrin et le danger
Ton sourire a éclairé mon chemin ;
Si bien que l'espérance semblait sortir en fleur
De chacune des ronces qui m'entouraient.
Plus notre fortune était sombre,
Plus notre pur amour brillait d'un vif éclat ;
Si bien que la honte devint gloire,
Et que la crainte se changea en ardeur.
Oui, tout esclave que j'étais,
Contre ton sein mon esprit se sentait libre,
Et je bénissais jusqu'aux douleurs
Qui avaient augmenté ta tendresse pour moi.

Ta rivale était honorée,
Tandis que tu ne recueillais que honte et outrages ;
Ta couronne était formée d'épines,
Tandis que l'or parait son front ;
Elle m'appelait vers des temples somptueux,

---

[1] *Le paysan irlandais à son amie.*

Tandis que tu te cachais dans des cryptes ;
Ses amis étaient tout-puissants,
Tandis que les tiens, hélas ! n'étaient que des esclaves ;
Cependant j'aimerais mieux être étendu froid
Dans la terre, à tes pieds,
Que d'épouser ce que je n'aime pas,
Ou de détourner de toi une seule de mes pensées.

Ils te calomnient certainement
Ceux qui disent que tes serments sont fragiles ;
Si tu eusses été trompeuse,
Ta joue serait moins pâle.
Ils disent aussi, depuis si longtemps que tu portes
Ces chaînes pesantes,
Qu'elles ont profondément empreint dans ton cœur
Leurs traces serviles...
Oh ! cette calomnie est démence ;
Nulle chaîne ne saurait comprimer ton âme :
Où brille ton esprit, là brille aussi la liberté.

Mais ce qui causait aux deux sœurs une émotion profonde, c'était ce vœu du poëte : « *Oh ! si nous avions à nous une jolie petite île.* » Écoutez ce chant... Il vous semblera peut-être entendre l'unisson des deux voix pures qu'accompagne, pour tout orchestre, la brise de la mer, le sifflement du vent dans les hauts *baryngtonia :*

Oh! si nous avions une jolie petite île à nous,
Dans un chaud océan bleu, bien éloigné et solitaire,
Où jamais ne meure une feuille dans les bocages toujours verts;
Où toute l'année l'abeille butine dans des fleurs éternelles;
    Où le soleil aime à séjourner
    Avec une telle immobilité,
    Que la nuit ne fasse que tirer
    Un léger voile sur le jour ;
Où l'idée seule que nous respirons, que nous vivons,
Soit la meilleure joie que la vie puisse donner !

Là, avec des âmes toujours ardentes et pures comme le climat,
Nous aimerions, comme on aimait dans l'âge d'or;
L'ardeur du soleil levant, les parfums de l'air
Pénétreraient dans nos âmes et y épanouiraient l'été.
    Avec des affections aussi exemptes de déclin
    Que le seraient les bocages,
    Avec l'espérance, comme les abeilles
    Qui vivent constamment sur les fleurs,
Notre existence ressemblerait à une longue journée lumineuse,
Et la mort nous viendrait, sainte et calme comme la nuit.

— Ah! chère enfant, disait habituellement Jane, nous avons une île, une île à nous : mais sommes-nous dignes d'apprécier la faveur que Dieu nous a faite en nous accordant cet asile? Ici les arbres restent presque toujours verts, ici l'abeille butine son miel tant qu'il lui plaît...

Le calme règne autour de nous, les jours sont
lumineux et les nuits calmes ; mais nous, pauvres créatures humaines, nous ne sentons pas
dans nos cœurs cette paix que le Créateur a mise
en son œuvre. Notre mémoire nous reporte sans
cesse vers d'autres temps, vers la première
patrie...

— Oui, répondait Madge, parce que cette
première patrie fut l'Irlande ; et c'est toi qui
m'as appris à chérir notre Irlande par-dessus
toute chose.

— Malgré la misère que nous y retrouve-
rions ? demanda Jane.

— Malgré la misère, répondit sans hésiter la
fillette.

— Hélas ! reprit la sœur aînée, nous n'y re-
trouverions plus notre grand'mère. Ce serait un
trop grand miracle si elle avait pu survivre à
tant de chagrins.

Les entretiens religieux revenaient souvent
aussi sur leurs lèvres. C'était bon de parler de
Dieu dans ce lieu désert où les orphelines avaient
trouvé tout ce qui pouvait soutenir leur frêle
existence. La foi de Madge, nourrie par les

exhortations de la sœur aînée, prenait chaque
jour plus de solidité et de profondeur.

— Je n'ai qu'un regret, disait Jane : c'est que
tu ne puisses faire la première communion. Tu
y aurais goûté une grande douceur. Mais c'est
impossible, et il faut ranger ce sacrifice parmi
ceux que Dieu nous impose. Élève constamment
ton esprit vers notre Créateur, et tu sentiras en
toi-même ton Dieu comme dans un vivant taber-
nacle.

Elles s'étaient laissées aller à ce courant insensible de leur association fraternelle; elles
s'étaient dit que, si elles étaient séparées du
monde, du moins elles avaient bien des années
à passer ensemble.

Ne jamais se quitter, mourir le même jour, à
la même heure, se présenter au même instant
devant le tribunal de Dieu, tel était leur rêve.
Elles savouraient d'avance le repos qui aurait
été acheté par les longues épreuves de la vie.

Mais peut-être avaient-elles eu tort de régler
ainsi l'avenir, et leur espérance si innocente
cependant devait-elle être punie comme une
présomption téméraire.

14

—Sœur, dit un jour Madge, je ne sais ce que
j'éprouve : ma tête est brûlante, ma langue
sèche, mes mains sont froides...

Jane tressaillit d'épouvante.

—La fièvre!... la fièvre !... murmura-t-elle.
Chère enfant, ce ne sera rien sans doute. Étends-
toi sur ton lit; je vais le mieux possible inter-
cepter la lumière, et tu tâcheras de dormir.

— Non, je sens que je ne dormirai pas. Ma
tête est comme près d'éclater.

— La fièvre!... la fièvre!... Oh ! comment la
combattre?... se disait Jane à demi-voix.

Elle fit coucher sa sœur.

Déjà un changement rapide s'était opéré sur
les traits de Madge, qui frissonnait, tandis qu'au
dehors le soleil plongeait ardent sur le sable,
les rochers et les arbres. Les roses s'étaient effacées du visage de la jeune fille pour faire place
à une teinte terreuse et livide. Au bout d'une
semaine, ses joues, naguère si florissantes, s'é-
taient creusées ; ses bras s'étaient effilés comme
des fuseaux. Tout ce que Jane possédait de fourrures, elle l'entassa sur Madge sans pouvoir
rendre la chaleur aux membres de sa pauvre

sœur. Elle avait bien entendu parler autrefois
des vertus du quinquina; elle se disait bien que
cette plante précieuse devait croître dans l'île;
mais comment la reconnaître ?

Mon Dieu ! avoir, sans doute, sous la main le
remède et ne pouvoir s'en servir ! Elle essayait
en tremblant des infusions d'herbes diverses,
qu'elle faisait goûter d'abord à ses chèvres, et
qu'elle expérimentait sur elle-même, de peur
d'avoir cueilli des feuilles vénéneuses. Ce n'é-
taient que de faibles palliatifs. Le mal gagnait
en intensité. La plus désolée des deux, ce n'était
pas la malade; Madge acceptait son sort avec une
résignation admirable. Elle ne demandait à sa
sœur que d'ouvrir la petite fenêtre, afin d'apercevoir le beau ciel bleu et les ombrages qui se
balançaient majestueusement entre la cabane et
le rivage. Elle restait des heures entières en
contemplation devant cette nature si riche, si
brillante, dont le spectacle allait lui être en-
levé. Il semblait qu'elle voulût, avant de quitter
sa sœur, se bien pénétrer des aspects de l'île
déserte où elle la laisserait plus seule que jamais.
Quand elle avait la force de parler, elle tradui-

sait ses impressions de la manière la plus touchante.

— Je le sens, disait-elle, il m'eût été doux d'achever une longue vie avec toi. Nous étions arrivées ici bien jeunes, nous y fussions devenues vieilles, nous soutenant l'une l'autre. Mais tu étais destinée à vivre seule, comme cet Alexandre Selkirk dont tu m'as raconté l'histoire. Il faudra prendre du courage, ma Jane, et te rappeler tout ce que tu m'as appris de la résignation que Dieu nous commande. Puisque je dois aller retrouver nos parents et mourir ici comme notre pauvre Trim, qui nous a quittées depuis si longtemps, aie soin, je t'en prie, de m'enterrer à peu de distance de ce fidèle ami. Tu viendras chaque jour prier pour moi, et en même temps tu donneras un souvenir à Trim. Il nous aimait tant !...

— Non, non! s'écria Jane en se tordant les mains de désespoir. C'est impossible, Dieu ne voudra pas cette séparation ; je vivais pour toi, Madge ; pour toi j'avais eu le courage de rester dans ce monde après tous ceux que nous avons chéris. Eh! qu'est-ce que tu veux que je fasse

désormais? Quoi ! j'aurais l'égoïsme de me soigner, de cultiver la terre pour moi, de faire
enfin ces mille choses que tu me rendais si
douces, si faciles, et qui ne seraient plus que
rebutantes !... Non, non! si tu meurs, je dois
mourir!

— Ah! Jane, dit la malade d'un ton de
reproche affectueux, mais triste; n'oublie pas
le devoir que tu m'as prêché si souvent; ce
ne sera pour toi qu'une épreuve de plus : ac-
cepte-la.

Elle pencha la tête et s'endormit, fatiguée de
cette lutte de tendresse. D'abord Jane eut peur.
Cette immobilité lui fit craindre que tout ne fût
consommé. Elle prêta l'oreille et écouta la respiration inégale de la pauvre malade, et elle
remercia Dieu, qui envoyait un peu de repos à
Madge.

Le soir approchait: un vent impétueux du sud
s'était élevé et soufflait du large avec des mu-
gissements terribles. Soudain Jane tressaille : il
lui semble avoir entendu un coup de canon. Elle
s'élance hors de la cabane et porte sa vue sur
l'Océan, aussi loin que possible. Là elle distingue

un gros bâtiment balancé par les flots et laissant après lui un panache de fumée.

— A coup sûr, pensa-t-elle, ce n'est pas là
une embarcation de sauvages ; c'est un navire
qui veut relâcher et aura peut-être aperçu cette
terre inconnue. O mon Dieu ! m'enverriez-vous
le salut de ma sœur ?

Elle prit aussitôt sa plus longue perche, y
ajusta à la hâte un grand morceau d'étoffe et
courut au rivage, où elle se tint toute palpitante
en agitant cette espèce de drapeau. Ses mouvements étaient convulsifs ; ses yeux hagards s'attachaient sur le vaisseau, qui semblait avoir
tourné et changé de direction. Oh ! s'il s'éloi-
gnait, tout serait fini !

Mais non ! une chaloupe a été détachée ; elle
rame vers l'anse inclinée où se tient Jane. Par
expérience, les marins ont reconnu que c'était
un mouillage sûr. Déjà Jane peut distinguer leurs
chapeaux cirés ; ils sont une dizaine, et, sous
l'effort de leurs bras vigoureux, la chaloupe
marche rapidement.

Jane redouble d'activité pour agiter la perche.
En même temps elle crie, comme si sa voix pou-

vait lutter contre le bruit du vent et le fracas des flots :

— Sauvez-nous ! sauvez-nous !

La chaloupe aborde, les marins poussent un hourrah joyeux et sautent sur le sable. Jane court vers eux ; et ces hommes, qui s'attendaient seulement à voir quelque sauvage, demeurent stupéfaits à l'aspect de l'être étrange qui leur adresse la parole en anglais.

Outre que le séjour dans l'île avait extraordinairement bruni la peau de Jane, qui vraiment eût été méconnaissable pour ses anciens amis, le costume de la jeune fille était d'une bizarrerie toute primitive. Une ancienne veste de matelot, rattachée par des cordons, tombait sur une jupe composée de diverses pièces d'étoffe grossière. Une toile enroulée aux jambes servait de bas, et la chaussure était faite de peaux de chèvre retenues par des lanières de cuir croisé, et s'attachant au-dessus de la cheville. Sur la tête une espèce de chapeau tressé de bambous fort minces. Tel était l'ensemble de cet habillement, qui participait de l'Europe et de l'Océanie.

Les matelots se regardaient entre eux, n'étant

pas bien sûrs encore que ce ne fût pas une sauvagesse qui fût venue au-devant d'eux. Mais il n'était pas possible que ces hommes, tous Américains et entendant parfaitement la langue anglaise, se trompassent à l'accent de Jane.

— Pitié, pitié ! leur cria-t-elle. Nous sommes ici deux pauvres filles naufragées à la suite d'une tempête. Nous étions sur l'*Érin*, qui a péri corps et biens, il y a six ans, sur ce rocher de corail que vous voyez là-bas à gauche. Notre vaisseau portait en Australie trois cents émigrants irlandais. Tous ont succombé ! J'ai vu périr mon pauvre père, deux sœurs et deux frères ; seules, ma sœur Madge et moi, nous avons survécu. La mer nous a jetées ici, et depuis ce temps nous avons subsisté à force de travail. Pitié pour nous, mes bons messieurs ! Madge est dans la cabane ; elle est en proie à la fièvre, et Dieu vous envoie pour la sauver. Faites cette bonne action... Emmenez-nous ; la Providence vous bénira !

— Mille sabords ! dit un vieux loup de mer dont la joue était démesurément enflée par le tabac qu'il mâchait, la pauvre petite est une brave fille, et le capitaine Stronglow sera bien aise de la recueillir à son bord.

Jane, profondément reconnaissante, saisit et baisa vivement la main bronzée du matelot.

— Allons, dit celui-ci, ému de cette marque de reconnaissance, il ne faut pas perdre de temps. Conduisons d'abord au vaisseau les deux naufragées; puis nous reviendrons ici faire les provisions d'eau douce, etc.

Jane retrouva toute sa force pour les entraîner jusqu'à la cabane. Elle y entra la première, et, ayant réveillé Madge avec précaution :

— Mon amour, dit-elle, le bon Dieu nous a entendues : tu seras sauvée! Voici de braves matelots qui vont t'emporter sur leur vaisseau... Nous reverrons la patrie !

Au même instant quelques-unes des figures brunes se montraient sur le seuil. Madge leur sourit avec une douceur ineffable, puis elle referma ses yeux et se laissa enlever sur les épaules robustes qui soutenaient son corps débile.

— Messieurs, dit Jane aux autres matelots, prenez ici tout ce que vous voudrez. Je n'ai plus

besoin de rien. Que la santé soit rendue à ma
sœur, et je me croirai riche.

Obéissant à une pensée subite, une pensée de
probité, elle saisit le petit coffre qui avait appar-
tenu à Donaghoe, et qui était plein d'or. C'était,
comme on sait, son idée fixe de restituer cette
somme à la famille du malheureux entrepreneur.
Elle cacha le coffret sous un manteau de fourrures et suivit les matelots qui portaient sa sœur.

Le vaisseau s'était rapproché; bientôt la chaloupe l'accosta. Il y eut sur le pont un étrange
brouhaha à la vue des deux orphelines avec
leur costume bizarre.

— Qu'est-ce que vous nous amenez là? dit
rudement le capitaine, un Yankee pur sang.

— Sauf votre respect, mon capitaine, répondit le vieux matelot, *c'est* deux Irlandaises qui
ont été jetées dans cette île après la perte de l'*É-
rin*, il y a six ans de ça.

— Ah! ah! une vieille histoire...

Jane se jeta aux pieds de Nick Stronglow et
invoqua sa compassion. Celui-ci fit appeler le
chirurgien, et lui dit d'un ton de mauvaise humeur :

— Stappleton, voilà une petite fille qui a la fièvre. Faites-lui prendre du quinquina. Vous logerez ce monde-là où vous pourrez.

Puis, s'adressant aux matelots :

— Que peut-on trouver dans cette île?

Le vieux Gibbie répondit au nom de la troupe et en désignant Jane :

— La jeune fille nous a indiqué une rivière d'excellente eau. De plus, elle a près de sa cabane, qui est pleine de provisions, un parc où se trouvent quantité de chèvres.

— Bien, dit Stronglow, ce sera utile; retournez en expédition.

Jane soupira en pensant que ses pauvres chèvres seraient sacrifiées à l'appétit de l'équipage. Tout en suivant sa sœur, qu'on emportait dans une cabine, elle se retourna et jeta un dernier regard sur cette île hospitalière où, malgré ses regrets, elle avait passé tant de journées calmes et laborieuses. Elle aperçut, non sans un serrement de cœur, Green-Man qui errait tristement le long du rivage. Le singe, tout effaré par l'arrivée des matelots, s'était sauvé dans les hautes branches d'un cocotier; puis il s'était hasardé à

sortir de sa cachette, et maintenant il tenait son
regard fixé sur le vaisseau qui lui avait pris ses
chères maîtresses. Jane lui adressa de la main
un signe d'adieu. Green-Man comprit-il ce mouvement? Il fit un bond vers l'extrême limite des
flots, recula par instinct; puis, se retournant,
s'enfuit vers les bois pour y reprendre sa vie
sauvage.

Le capitaine était resté sur le pont à exhaler
sa mauvaise humeur.

— Des aventurières! disait-il; des bouches
affamées! Et il faudra conduire tout cela jusqu'en Angleterre où nous allons!...

— Soyez tranquille, compère, dit un gros
homme à l'air familier, à l'œil plein de ruse,
véritable type de ces Yankees à expédients qui
font de toute chose un moyen de fortune; aussi
vrai que je m'appelle Stripper, cette trouvaille
sera loin de vous être onéreuse. Contraignez-
vous; laissez-moi m'occuper des deux orphelines et placez-les sous ma protection, ce qui n'é-
tonnerà personne, puisqu'on sait que je ne suis
plus un jeune homme et que, par mes hardies
spéculations, j'ai amassé pas mal de dollars. Je

veux que le premier verre de wiskey que nous
boirons ensemble nous étrangle si les naufragées ne deviennent pour nous — qui partage-
rons fraternellement — une véritable mine
d'or.

— Qu'entendez-vous par là, Stripper?

— Je ne m'expliquerai pas davantage en ce
moment. Ce soir, dans votre salon, entre le ci-
gare et les liqueurs, nous développerons un
plan d'action.

— Stripper, vous êtes un grand homme, dit
le capitaine émerveillé.

Cependant Madge, fortifiée par un *looch*, s'é-
tait endormie du sommeil le plus paisible, tandis que Jane, tenant une des mains de sa sœur,
attachait sur la jeune malade un regard qui
semblait dire : « Sauvée! merci, mon Dieu! »

FIN DE LA DEUXIÈME PARTIE.

TROISIÈME PARTIE

I

Par une sombre nuit d'octobre, un fort steamer américain entra dans le port de Plymouth
et s'arrêta dans le Suston-Pool, après avoir longé
les batteries de Saint-Nicolas et l'île de Drake.
Ce bâtiment, tout commercial, ne contenait
point de passagers. Il n'en descendit que trois
personnes, qui, couvertes de longs manteaux,
s'acheminèrent silencieusement par le quartier
de Stone-House pour gagner Plymouth-Dock,
partie de la ville située sur le Tames.

En s'approchant et les regardant avec attention, l'on eût vu que c'était un homme d'une
cinquantaine d'années, vif, nerveux, quoiqu'un
peu épais d'encolure, et portant à droite et à
gauche des regards inquiets. L'on eût distingué
aussi dans ses compagnes deux jeunes filles aux
traits mélancoliques. Elles paraissaient marcher
avec une certaine irrésolution qui tenait de la
crainte, et leur œil obliquait timidement, comme
s'il cherchait un protecteur. Cependant l'homme
n'était pas d'humeur à s'arrêter en route; mais
la façon dont il pressait le pas des jeunes filles
avait un certain tour rude, bien qu'en apparence paternel.

— Ne nous amusons pas à flâner, mes chères
demoiselles. Il n'y a rien de beau à voir ici. Et
puis vous êtes fatiguées, et ce n'est point sur ses
jambes qu'on se repose. Vous m'avez été confiées
par mon honorable ami Nick Stronglow. Je me
suis chargé de tous les détails qui concernent
votre bien-être, et je tiens à remplir ma mission.
Ne perdons pas une minute. Il se fait tard. Vous
devez avoir faim.

— Merci, dit l'une des jeunes filles; nous

n'avons pas faim. Où nous menez-vous, monsieur Stripper?

— Belle demande! dans une maison honnête
où je descends toutes les fois que je viens à Plymouth, chez mes honorables amis M. et Mme Cruikhood, — grand établissement de denrées colo-
niales, — *John Cruikhood et Ce*, 95, Devon-
Street, *Au mortier d'or*.

Cette enseigne pompeuse sembla avoir produit
sur les deux jeunes filles un effet calmant. Elles
reprirent un pas égal.

— Voyez-vous, continua Stripper tout en mâ-
chant avec férocité une noix de tabac, votre position est particulière, elle exige les plus grands
ménagements. D'ordinaire, on arrive de voyage
avec de l'argent, des papiers en règle; on est
attendu par une famille, par des amis... Enfin on
est quelque chose dans le monde, on tient à
quelque chose. Mais pour vous, hélas!...

De quel ton il dit cet : « hélas! »

— Pour vous, mes enfants, il n'est rien de
semblable. Vous avez perdu toute votre famille, vous n'avez plus d'amis en Irlande, et
vous revenez sans un dollar, sans un papier!

15.

— Il se peut, répliqua l'aînée avec dignité; mais je crois, monsieur Stripper, que vous voyez notre position un peu trop en noir. Rien ne vous assure que nous ne retrouverons pas des amis en Irlande; pour de l'argent, nous en gagnerons, Dieu merci, par notre travail; enfin, quant à une famille, il n'est que trop vrai que la nôtre nous a été enlevée; mais le bon Dieu nous a peut-être réservé notre chère grand'-mère.

Stripper, malgré son habileté à dissimuler, ne put réprimer un ricanement qui sembla s'échapper du museau d'une hyène. Les deux sœurs en furent frappées au point de se pousser furtivement le bras.

— Excusez-moi, dit l'Américain, comprenant le mauvais effet de son hilarité équivoque; je n'ai pas été maître de contenir ma surprise. Quoi! vous ne tenez pas mieux compte des années! Quoi! nous vous avons appris, d'après la date de votre naufrage, que vous étiez restées six ans dans votre île... Joignez à ces six années cinq mois de navigation... et vous posez comme article de foi que vous retrouverez la grand'mère

aussi alerte et bien portante que si elle était sa
propre petite-fille!... Il y a de la témérité à se
forger complaisamment de pareilles visions.
Pour ma part, je ne crois jamais qu'à ce que je
vois et tiens dans ma main. Allons, un peu de
courage, nous voilà presque arrivés.

Pendant que les trois compagnons continuent
d'avancer à travers les rues étroites, noires et
mal pavées, jetons un regard en arrière et résu-
mons en quelques mots ce qui s'était passé sur
le vaisseau après que Jane et sa sœur eurent
quitté l'île.

Dans les premiers temps, Madge continua d'é-
prouver une souffrance trop accablante pour
qu'il lui fût permis de se douter même de ce qui
l'entourait. Elle ignorait donc qu'elle fût em-
portée sur un vaisseau et qu'elle voguât vers
l'Europe. Absorbée par la fièvre, à bout de forces, la pauvre enfant n'existait plus que par une
sorte de miracle : il suffisait à son intelligence
d'avoir toujours présente la bonne et affectueuse
figure de Jane; Jane l'aidait, rien que par sa
vue, à supporter les crises, à traverser la lenteur
interminable des insomnies; Jane la rassurait

contre ces fantômes sinistres qui naissent dans le
cerveau surexcité et qui, prenant des contours
terribles et une attitude menaçante, défilent en
procession au chevet des malades.

Jane, c'était non-seulement le regard tendre,
c'était aussi la parole fortifiante. Elle ne prodi-
guait point les consolations verbeuses, les exhortations banales; mais le peu de choses qu'elle
disait, elle les disait à propos, et ses accents tombaient comme une rosée rafraîchissante.

On lui avait prêté quelques livres. Ce fut un
excellent moyen de traitement moral. Durant la
convalescence, vers le deuxième mois de navigation, Jane fit régulièrement des lectures que
sa sœur entendait avec le plus profond intérêt.
Les heures se passaient ainsi, et la santé qui revenait opérait pendant ce temps son œuvre in-
visible.

Plus tard, Madge put monter sur le pont et
prendre des bains d'air qui la ravivaient.

Ce fut alors que Jane, qui avait jusque-là
gardé intérieurement le secret de ses inquiétu-
des pour l'avenir, s'appliqua à étudier, d'après

l'inspection de la physionomie, ainsi que sur les moindres indices qui s'offraient à elle, les dispositions plus ou moins bonnes du capitaine et de son inséparable ami Stripper.

Elle leur témoignait une vive reconnaissance, bien qu'elle se trouvât gênée devant eux et osât à peine leur adresser la parole. Nick Stronglow, fort peu expansif avec elle, avait l'habitude de couper court à l'entretien et de lui interdire de plus amples remercîments. « C'est bien, c'est bien, disait-il d'un ton brusque ; on a fait ce qu'on devait faire ; assez causé là-dessus. » Au contraire, maître Josué Stripper, qui mêlait à une façon de bonhomie les allures de finesse suspecte que le fabuliste prête au renard, était infiniment plus affable avec la jeune fille. Sans lui témoigner une très-vive sensibilité au sujet de ses tristes aventures, il paraissait l'écouter volontiers, et, par manière d'approbation ou compassion, il hochait de temps en temps la tête. Eh bien, quelque ménagement qu'il eût pour les orphelines, Jane et Madge ne se sentaient pas plus rassurées devant lui qu'en face du capitaine.

Cependant Jane, ayant une prière importante à adresser soit à l'un soit à l'autre, jugea, après bien des hésitations, que c'était encore auprès de Stripper qu'il lui serait le moins difficile de la formuler.

— Mon Dieu ! dit-elle, cher monsieur, ne serait-il pas possible qu'on nous donnât des morceaux d'étoffe dont je ferais à ma sœur et à moi des costumes convenables? Je rougis de paraître vêtues comme nous le sommes.

— Votre demande est parfaitement naturelle, répondit Josué de son ton le plus patelin, parfaitement naturelle. On y avisera.

— Auriez-vous la bonté de la transmettre au capitaine ?

— N'en doutez pas ; aujourd'hui même ce sera fait.

Le soir, maître Stripper vint trouver les orphelines dans le petit coin du pont où elles se tenaient humblement assises l'une contre l'autre.

— Ma chère miss Jane, dit-il d'un air contrit, j'ai le regret d'avoir à vous annoncer que mon honorable ami Stronglow a accueilli rudement ma demande, qu'il a jugée inopportune.

— Comment, inopportune! Est-ce que nous avons l'air d'être civilisées?...

Josué sourit de ce sourire mystérieux qui faisait mal à voir.

— Expliquons-nous, dit-il; le vaisseau contient des barils, des marchandises de toute sorte, des épices à foison; mais quant à de l'étoffe, néant. Voilà ce que m'a répondu le capitaine.

— Quoi! n'y a-t-il pas de drap pour le service des matelots?...

— Il n'y a rien.

La jeune fille comprit un mauvais vouloir bien déterminé. Elle n'insista donc pas, de peur d'empirer une situation déjà assez délicate. Elle se contenta de mettre cette petite épreuve au nombre de ses peines de second ordre, effacées par les grandes douleurs qu'elle avait subies.

Mais elle continua d'étudier l'attitude de Stronglow et de maître Stripper. Plus le temps marchait, plus Jane, avec cette sagacité que sa vie dans l'île déserte avait développée en elle, se pénétrait de l'idée que ces deux hommes manquaient également de sincérité, qu'ils s'étaient

partagé les rôles, et que la brusquerie du capitaine n'était que le masque de la fourberie.
Elle sentait qu'il y avait entre eux un secret,
énigme dont le mot lui échappait. Vainement
cherchait-elle ce mot ; vainement se demandait-
elle si un complot pouvait raisonnablement être
tramé contre des orphelines inoffensives, et à
quoi cela aboutirait : elle ne trouvait rien ; et,
tout en soupçonnant le mal, elle ne voyait pas
même au mal une raison d'être.

Oh ! que de fois, la nuit, aux heures où le
vaisseau voguait sur l'Océan assombri et où il
n'y avait de mouvement que parmi les hommes
de quart, il arriva à Jane de veiller volontaire-
ment et de laisser sa pensée s'envoler vers la
terre libre de la patrie !

Là enfin cesseraient les craintes ; en touchant
ce sol sacré on respirerait à l'aise, on sortirait
d'une vie d'abjection et de périls.

Elle avait espéré trouver un appui dans le
vieux matelot qui l'accueillit si cordialement le
jour où elle avait couru au-devant des rameurs
de la chaloupe. Mais elle ne connaissait pas la
rudesse et la taciturnité de Gibbie : cet homme

ne lui adressa pas une seule parole durant toute la traversée, et il ne parut faire attention à elle et à sa sœur que pour les pousser une fois vivement en leur criant qu'elles gênaient la manœuvre.

. . . .

Revenons à Plymouth.

Stripper s'arrêta enfin devant une vaste maison de sinistre apparence formant l'encoignure de Devon-Street et Milce-Place.

— C'est ici, dit-il, avec son sourire le plus gracieux.

Et il heurta fortement le marteau, en homme qui veut entrer chez lui.

Après une assez longue attente, la porte épaisse et cintrée s'entr'ouvrit. Une figure de servante maussade hasarda son profil et projeta le rayon douteux d'une chandelle sur les trois visiteurs.

A la vue de Jane et de Madge, accoutrées comme elles étaient, la servante ouvrit des yeux et une bouche démesurés. Josué se mit à rire de cet ébahissement.

— Eh bien, quoi? dit-il, c'est moi, Babby, Est-ce que vous ne me reconnaissez pas?

Babby fit de la tête un signe d'acquiescement. L'apparition des deux sœurs, quasi Océaniennes par la tournure, lui avait coupé la parole.

— Mon honorable ami Cruikhood est à la maison, n'est-ce pas?

— Oui, monsieur.

— C'est bien. Annoncez-moi. Vous introduirez ces deux jeunes personnes dans le petit appartement que voici. Il leur sera sans doute accordé.

La servante alluma une bougie, fit entrer Jane et Madge dans l'appartement indiqué, lequel consistait tout simplement en une grande chambre assez mal meublée, et qui, le jour, devait être fort peu éclairée, car elle ne possédait qu'une petite croisée donnant sur Milce-Place; puis Babby conduisit Stripper au premier étage.

Jane et Madge restèrent seules un grand quart d'heure.

Au bout de ce temps, la servante reparut. Elle était armé d'assiettes, de verres, qu'elle étala sur une table; elle y posa un morceau de bœuf froid, une tranche de pâté, une salade de concombres, du fromage de Chester et une bouteille de pale ale; c'était un souper splendide.

Quand elle eut fini, elle dit : « Voilà ! » et fit mine de se retirer ; mais Jane la retint vivement par le bras, et lui demanda :

— Est-ce que M. Stripper et son ami ne vont pas venir ?

Babby retomba dans sa stupéfaction en entendant l'étrange créature parler anglais comme une personne naturelle. Elle se retourna pour s'enfuir et heurta Josué et M. Cruikhood, qui se divertirent de sa terreur.

— Mes chères demoiselles, dit l'Américain, je suis heureux de vous présenter à mon honorable ami, M. Cruikhood, dont je vous ai déjà parlé ; il veut bien vous recevoir dans sa maison hospitalière, en attendant que vous ayez pris un parti.

Jane s'inclina respectueusement, non sans étudier d'un coup d'œil rapide la physionomie de M. Cruikhood, dont le large visage, très-coloré, n'offrait d'autre signe caractéristique qu'un goût sans doute prononcé pour les boissons alcooliques.

— Je vous suis très-obligée, monsieur, dit-elle au maître de la maison. Voulez-vous bien nous présenter à mistress Cruikhood?

Le gros homme parut un peu embarrassé. Stripper se hâta d'intervenir :

— Mistress Cruikhood est indisposée, dit-il; vous ne pourrez la voir que demain.

— Mais... convient-il que nous soyons ici?

— Comment ! chez un père de famille ! chez un négociant ! chez un juré ! chez un électeur ! Vous trouveriez-vous plus décemment à l'auberge?... J'espère que vous allez faire honneur à ce joli souper...

— Pardon, dit Jane avec une certaine fermeté. Qu'entendiez-vous par ces mots : « En attendant que nous ayons pris un parti ? » Notre parti est pris; il n'y en a qu'un pour nous, c'est de retourner en Irlande.

— Certainement, certainement... murmura Stripper; mais il faut se reposer ce soir, il faut souper de bon appétit. Chères enfants, notre présence pourrait vous gêner, ajouta-t-il d'un ton bénin, nous vous laissons satisfaire les exigences de l'estomac. Si vous le permettez, je redescendrai dans une demi-heure. J'ai besoin d'avoir avec vous, Jane, une conversation qui ne vous sera peut-être pas désagréable.

Stripper et son ami sortirent, suivis de la servante, qui n'avait pu encore prendre son parti de la tournure des étrangères.

Sitôt que Jane et Madge se virent seules, par une impulsion tout instinctive, elles se jetèrent en pleurant dans les bras l'une de l'autre.

Si pendant la traversée Jane avait soupçonné un danger, elle en entrevoyait un bien plus terrible maintenant.

Et pourtant Jane ni Madge n'eussent pu dire pourquoi elles versaient des larmes si amères et si abondantes.

Quand Josué Stripper rentra, ayant fort bien soupé là-haut en compagnie du gros Cruikhood, son mystérieux compère, il parut très-surpris, très-choqué même de ce que les orphelines n'avaient pas touché aux mets étalés pour elles sur la table.

— A quoi songez-vous donc? dit-il; on vous sert avec empressement, et vous restez aussi indifférentes au roast-beef et au pâté que si vous aviez fait serment de jeûner.

— Excusez-nous, répondit Jane; nous n'avons pas faim.

— A votre âge! c'est incompréhensible.

Enfin, l'on ne vous force pas. La table restera
garnie; et, comme vous êtes ici chez vous...

— Pour cette nuit seulement, n'est-ce pas?
insinua Jane, s'efforçant de dissimuler son
émotion.

— Écoutez, dit-il en s'asseyant et croisant
ses jambes. Je vous ai annoncé que nous au-
rions à causer : nous allons causer.

— Volontiers, dit-elle avec un sourire que
démentaient les traces des larmes.

— Miss Jane, êtes-vous comme tout le monde?
Désirez-vous faire fortune?

— Sans doute, si je le pouvais honorable-
ment.

— Rien ne vous serait plus facile. L'œuvre
est déjà en train.

— Comment!... murmura-t-elle d'une voix
presque suffoquée.

— Vous allez voir. Votre long séjour dans
une île déserte, au sein d'un climat brûlant,
vous a extraordinairement bruni le teint. Vous
êtes toutes deux fort jolies, mais, sans vous flat-
ter, aussi noires que des taupes. Votre costume
est tellement bizarre, qu'il vaut son pesant d'or.

J'ai eu soin de recueillir vos ustensiles de chasse, de pêche et de ménage ; tout cela forme un musée des plus curieux. En conséquence, j'ai eu l'idée magnifique de faire une EXHIBITION DE DEUX JEUNES OCÉANIENNES... Comprenez-vous ?

Jane faillit jeter un cri d'horreur. La prudence la retint.

— Je comprends, dit-elle ; vous avez eu l'idée de disposer de nos personnes... sans nous consulter.

— Ah ! par exemple, ma chère demoiselle, ne dites point cela ; vous offenseriez ma délicatesse. Avant tout, j'ai songé à la beauté de cette spéculation, dans votre intérêt comme dans le mien. Le fameux *puffiste* Barnum n'aura jamais rien trouvé de mieux. DEUX JEUNES OCÉANIENNES !... Vous figurez-vous l'empressement des cockneys à accourir lorsqu'une affiche, répandue à profusion, aura excité la curiosité publique ! Nul pays au monde plus que l'Angleterre ne contient de ces badauds, qui donnent sans compter, pourvu qu'on excite une émotion dans leurs cerveaux épais et endormis. voyez d'ici l'effet !... Vous paraissez avec votre

costume, avec vos peaux de chèvre, vos chaussures grossières, votre toile fabriquée le diable
sait comment. Vous vous avancez sur l'estrade
en vous donnant la main, et alors vous commen-
cez les exercices de votre vie sauvage d'autrefois. Un but sera placé dans le fond de la salle ;
vous y lancerez des flèches avec l'adresse merveilleuse que vous avez acquise ; en un mot, vous
pratiquerez diverses petites choses qui donne-
ront de vous la plus haute idée. Vous pourrez,
par exemple, dévorer un peu de chair crue, car
ce n'est pas difficile : on mord l'oreille d'un
lapin, et le tour est fait. De cette manière la
vogue vous entourera, et nous gagnerons ensemble des sommes considérables que je m'en-
gage à partager loyalement avec vous. Telle est
ma proposition, chère miss Jane ; j'espère
qu'elle vous plaira, et que vous préférerez une
fortune rapidement acquise à la misère qui ne
peut manquer de vous attendre dans votre
pays.

Jane l'avait écouté avec autant de calme qu'il
lui était possible d'en trouver dans son âme
fière et honnête. Elle sentait, d'ailleurs, qu'il

serait imprudent de heurter cet homme, et qu'elle ne gagnerait rien à s'engager en ce moment dans une lutte inégale. Elle s'était dit qu'elle n'était point sur une terre barbare, et que la protection des lois anglaises répondrait à son cri de détresse; mais qu'il fallait attendre. Toutefois elle fit une première objection.

— Vous oubliez, dit-elle, que de jour en jour notre teint bruni s'éclaircira; vous oubliez aussi que des sauvages océaniennes ne parlent pas l'anglais .

Le spéculateur ne parut pas ébranlé.

— Vétilles que tout cela! Une légère teinture ravivera vos roses noires... Hein! l'expression est poétique! Et quant au langage, vous aurez soin de ne pas parler; on vous verra et l'on ne vous entendra pas. Mais encore, si par accident il vous échappait quelques mots, je préviendrais le public que vous avez connu un marin irlandais que la tempête avait jeté sur votre île, et je mettrais votre *anglais* sur le compte dudit marin.

—Quoi! ne craindriez-vous pas d'entasser tant de mensonges ?

—En affaires, ce que vous appelez mensonge s'appelle *puff*. Le *puff* est une des plus
sublimes inventions modernes.

Révoltée intérieurement devant une si profonde immoralité, Jane se récria en ces termes :

— J'avais cru que le capitaine Stronglow nous
sauvait par charité...

Stripper haussa les épaules.

— Stronglow est mon associé, dit-il.

—Mais ce riche commerçant, M. Cruikhood...

— Cruikhood est mon associé.

Jane frémit. Des ennemis de toutes parts !
Son malheur n'avait excité que des idées cupides. On allait mettre à l'encan ses souffrances,
ses luttes de six années !

Moins habile à se contenir, Madge dit avec
indignation :

— Méchant que vous êtes !... Apprenez que
vous ne ferez pas de nous des saltimbanques.
J'aimerais mieux mourir que de monter sur
votre tréteau !

Une colère froide perça dans les yeux de
Stripper.

—Ah ! ah ! vous vous révoltez, la petite !...

Vous me paraissez bien vive. Ce n'était pas comme ça quand vous aviez la fièvre... On vous calmera. Votre sœur, j'en suis sûr, vous ramènera à la raison. Miss Jane est une personne sage.

Cette dernière, qui ne songeait qu'à gagner du temps, prétexta la fatigue dont sa sœur et elle étaient accablées, et demanda la permission de réfléchir.

—C'est cela, dit Josué; réfléchissez à votre aise, ma chère demoiselle. Vous êtes une personne charmante. Vous verrez combien vous pourrez vous applaudir d'avoir suivi mes conseils. Croyez-moi, je ne veux que votre bien, et je vous renouvelle l'engagement — que je prendrai du reste par écrit, si vous le désirez — de partager les bénéfices avec vous.

Tout ce que put faire Jane, ce fut d'incliner la tête. Une parole eût été comme cette goutte d'eau qui fait déborder le liquide si on la jette sur un vase déjà très-plein.

L'Américain se flatta de l'avoir gagnée à ses projets; de même que tous les gens qu'aveugle la cupidité, il ne voyait que le côté de ses désirs violents, et son sens moral oblitéré ne lui permettait pas de juger sainement le cœur d'autrui.

— Oui, oui, dit-il encore en se retirant, avec toutes les apparences de la discrétion, oui, chère demoiselle, vous réfléchirez. Cela sera utile. Vous comprendrez l'excellence de mon dessein à votre égard, et vous demeurerez bientôt convaincue que le ciel m'a envoyé pour être l'instrument actif de votre fortune. Ne vous mettez en peine de rien; soupez paisiblement, dormez comme il faut. A demain les grandes affaires.

Il sortit enfin. Mais cette fois, les deux sœurs ne retombèrent pas dans les spasmes et les larmes; l'indignation leur avait donné de la force. Elles commencèrent par pousser contre la porte le plus gros meuble pour se barricader; puis elles firent l'inspection de la chambre, et surtout cherchèrent à voir si de la fenêtre elles pourraient se faire entendre par les passants. Malheureusement la place était déserte. Quant à la fenêtre, extrêmement étroite, elle était munie extérieurement de barreaux qui la rendaient semblable à un soupirail de prison.

Les deux orphelines se dirent avec une douleur sombre qu'il n'y aurait pas moyen pour elles d'éviter l'*exhibition;* que leur unique ressource serait de dissimuler jusque-là; puis, lorsqu'elles verraient la foule assemblée, de protester contre l'oppression exercée sur elles par les infâmes Stripper, Stronglow et Cruikhood. Certes, il se trouverait bien parmi les spectateurs un honnête homme qui comprendrait l'appel de la pudeur, le cri du désespoir... Il suffirait d'un simple *policeman* pour que les orphelines fussent conduites devant le magistrat et admises à s'expliquer.

— Sans doute, dit Jane à sa sœur, qui allait de nouveau s'abandonner aux larmes et dont elle contint le chagrin,—bien qu'elle fût elle-même brisée par le désespoir, — sans doute cette première apparition sur le tréteau sera pour nous une humiliation bien pénible; mais la honte, s'il y en a, retombera sur nos oppresseurs. Les lâches! ils ne nous ont secourues que pour nous vendre à la curiosité publique!... Ce que je demande à Dieu, ce n'est pas de les punir, mais de nous délivrer de leurs mains. Leur punition sera dans leur conscience; car tôt ou tard la conscience se réveille.

— Dieu nous a abandonnées! murmura Madge.

— Non, ma sœur; ne dis pas cela, ce serait blasphémer. Est-ce que Dieu ne nous a pas constamment protégées? est-ce qu'en nous jetant sur une côte déserte il ne nous a pas fourni les moyens de soutenir notre existence? est-ce qu'il ne m'a pas mis au cœur le courage d'un homme pour te défendre contre les animaux féroces? est-ce qu'il ne m'a pas inspiré toutes sortes de moyens pour alléger notre sort?... Je te le répète, Madge, Dieu n'abandonne pas ainsi de pauvres orphelines qui le prient bien humblement. Tu verras sa puissance se manifester en notre faveur.

Le bruit de leurs propres voix et la préoccupation qui dominait les deux sœurs ne leur avaient pas permis d'entendre un grincement mystérieux qui se faisait dehors du côté de la fenêtre. Cependant, à la fin, Jane, prêtant l'oreille, tressaillit, et elle dit tout bas à Madge :

— Écoute !

— Quoi donc ?

— Par là.

— Qu'est-ce qu'il y a, Jane ? dit Madge se serrant avec effroi contre sa sœur.

— Ce qu'il y a !... Mon Dieu ! peut-être quelque piége nouveau. Écoute bien !

— Il me semble qu'on frotte du fer. Soufflons la bougie et approchons-nous de la fenêtre.

— Non ; mettons plutôt le flambeau dans le cabinet... Il serait imprudent d'éteindre.

Après avoir pris cette précaution, elles se glissèrent tout doucement sous la fenêtre, et, ayant soulevé un petit coin du rideau, elles s'aperçurent avec épouvante qu'une main habile avait scié un barreau et continuait l'opération sur un deuxième, afin de pratiquer une ouverture.

Cette fois, les orphelines se crurent perdues. Elles furent tentées de débarrasser la porte, d'essayer de sortir et de remplir la maison de leurs cris.

Cependant Jane fut arrêtée par une pensée subite.

— Ce ne peut être, dit-elle tout bas à sa sœur, le méchant Stripper qui scie les barreaux. Quel serait son dessein? à quoi cela lui servirait-il?

— Mais, dit Madge, si c'était un voleur?

— En ce cas, le moindre cri d'alarme que nous pousserions le ferait fuir.

— Chut!... fit Madge, on frappe au carreau!..

Leur cœur battait à rompre leur poitrine.

Elles ne répondirent pas.

On frappa une seconde fois. Même silence.

Enfin une voix mâle appela ainsi :

— Au nom du bon Dieu, répondez-moi, Jane. Il y va de votre salut. Je suis Gibbie, un loup de mer, mais un honnête homme.

Jane et Madge jetèrent un cri de joie.

Elles ne se trompaient pas à cet accent.

Oui, c'était l'accent d'un honnête homme.

Elles approchèrent deux chaises, y montèrent et ouvrirent la fenêtre.

Alors la figure bronzée du marin leur apparut.

L'ange qui tira saint Pierre de son cachot n'eût

pas été plus beau, plus rayonnant aux yeux des jeunes filles.

— Enfin!... dit-il. J'ai eu assez de peine à me faire entendre, mille sabords !

— Cher monsieur Gibbie, dit Jane, expliquez-moi...

— Pas moyen. Le temps manque. Il faut fuir. Je vous conterai tout.

— Fuir?...

— Je comprends, mon enfant, votre hésitation. Mais, dites-moi, croyez-vous en l'honneur d'un vieux qui se couperait le poing plutôt que de faire un mensonge?

— J'y crois, dit résolûment Jane.

— Moi aussi, répéta Madge.

— En ce cas, endossez-moi vite ces hardes, que j'ai achetées pour vous chez un petit fripier. Vous en avez fièrement besoin. On ne court pas l'Angleterre en guenilles de sauvagesse.

Il lança un paquet dans la chambre et se retira par discrétion.

Aussitôt les deux sœurs ouvrirent le paquet, où se trouvait tout ce qui leur était nécessaire, depuis le chapeau de paille jusqu'aux bas et aux souliers. Le matelot avait donc tout prévu!

O bon Gibbie! s'il est des actions que la justice céleste consigne sur son livre d'or, la tienne dut être gravée à la meilleure place.

La toilette ne dura pas longtemps. Quand Jane et Madge se virent rendues, par leur costume pauvre, mais propre, à la physionomie qui constitue un être civilisé, elles poussèrent un cri de joie et s'embrassèrent. Puis Jane, sans perdre une minute, appela :

— Monsieur Gibbie !

— Présent, dit celui-ci. Allons! vous n'avez pas été longues. Attention! il faut que vous passiez par la fenêtre. Ça ne sera pas commode, car l'ouverture est étroite.

— C'est trop haut, dit Jane... Comment faire?

— Y a-t-il un meuble que vous puissiez en approcher ?

— Il y a un buffet.

— Essayez de le transporter... mais sans bruit, car tout serait perdu. Le damné Stripper doit veiller là-haut.

Les deux jeunes filles vidèrent le buffet pour en alléger le poids. Cette opération demanda du temps. Gibbie fumait sa pipe et pestait dehors.

Quand le buffet eut été rangé contre le mur, il se trouva faire le marchepied le plus commode pour l'escalade projetée. Jane voulut que sa sœur passât la première : cette tentative réussit, mais non sans efforts. Gibbie reçut la fillette dans ses bras et la déposa délicatement à terre.

Avant de descendre elle-même, Jane tendit au marin son précieux coffret, qu'elle avait enveloppé d'un linge pour qu'il n'attirât l'attention de personne. Ensuite, se faisant le plus mince possible, elle se hasarda à travers l'étroite fenêtre, et son sauvetage s'opéra moyennant quelques petits accrocs que reçut sa robe.

En respirant l'air libre de Milce-Place, les deux sœurs se sentirent si heureuses qu'elles s'embrassèrent, puis pressèrent vivement les mains de leur libérateur.

— Silence ! dit celui-ci. Pas une minute à perdre. Marchons.

Il prit les devants. Jane et Madge, croisant leur manteau et baissant la tête, le suivirent sans parler.

Avec un tel guide elles eussent été sans crainte jusqu'au bout du monde.

III

Gibbie et les deux jeunes filles traversèrent presque toute la ville.

Le ciel, très-noir, favorisait cette fuite. Une sorte de brume enveloppait les toits de Plymouth ; la brise marine faisait vaciller le gaz dans les lanternes des lampadaires. A peine si quelque passant attardé longeait les trottoirs, où l'on n'eût pu guère apercevoir que des policemen gravement enveloppés de leur surtout de caoutchoutcete nant à la main leur lanterne et leur petit bâton.

Ce ne fut qu'à un mille de distance de la maison Cruikhood que le brave Gibbie se ha-

sarda enfin à s'expliquer, car il était bien sûr
que de là l'écho de ses paroles n'arriverait point
jusqu'aux oreilles des perfides associés. Il fit
mettre les sœurs à sa droite et à sa gauche, et,
tout en battant le briquet pour rallumer sa pipe,
il entama ainsi son discours :

— C'est donc pour vous dire, mes enfants,
que je savais la chose depuis longtemps...

— Vraiment ! s'écrièrent à la fois Jane et
Madge.

— Eh ! oui, mille caronades !... Mais ne
m'interrompez pas, car le journal du bord ne
sera pas court. On ne se méfie généralement pas
de moi, parce que je ne jase jamais et que je
suis toujours à mon ouvrage. Si bien que le
capitaine et M. Stripper, le soir même de votre
découverte, se mirent à boire et à causer devant moi, qui les servais. Jusque-là, vrai, j'a-
vais aimé le capitaine comme mon père, et pour
lui j'aurais combattu une bande de requins...
Mais Stripper, qui est un mauvais homme, un
païen, quoi ! pire qu'un nègre, — l'a fait tomber dans le mal. — Le capitaine n'a qu'un défaut, c'est d'aimer les dollars : Stripper l'a pris

par son défaut. Il se mit donc à lui dire que
si en arrivant en Angleterre on vous montrait
au public, comme on montré les femmes géan-
tes, les nains de cinquante ans ou les serpents
boas, ça serait une fière *exhibition;* qu'il y aurait de l'or en barre à gagner en vous faisant
passer pour des Indiennes sauvages, qu'il n'y
avait pas de risques à courir, puisque vous étiez
deux filles pauvres et sans famille ; que, si vous
résistiez, on vous mettrait à la raison. Peut-être
bien qu'ils entendaient par là la garcette et les
fers. Je ne dis rien, moi ; mais je sentis que je
méprisais le capitaine, et je me promis de passer
sur un autre bâtiment sitôt que mon temps d'engagement serait fini. Je vis bien que le projet
leur convenait à tous deux. Sans ça, est-ce
qu'on vous aurait refusé des habillements lorsqu'il y avait dans la cale des caisses toutes pleines d'étoffes?... Et puis, on manœuvra de manière à n'aborder à Plymouth que le soir, afin
de ne vous laisser voir de personne. Je connais
Plymouth comme ma poche, et je connais aussi
la maison de Cruikhood... et j'avais entendu
qu'on se disait : « Nous les mettrons au rez-de-

chaussée... Elles y seront *très-bien.* » Ce qui
signifiait : « Elles y seront comme en prison. »
Alors je me dis à part moi : « Il y a une Providence pour sûr... et c'est moi Gibbie qui ma-
nœuvrerai le vaisseau de la Providence. » — Je
n'étais pas de quart ; j'avais une permission de
terre. Aussitôt je file mon nœud ; je combine
l'affaire ; je me procure des nippes pour vous...

— Oui, interrompit Jane, et peut-être tout
votre argent y a passé.

— *A pas peur*, mille mousquets ! le loup de
mer n'a pas besoin d'argent ; d'ailleurs, il m'en
est resté assez pour louer une patache que nous
allons trouver au bout du faubourg... et puis...

Ici il prit la main de Jane, l'ouvrit et y mit en
la refermant ensuite une petite bourse en cuir.

— Et puis... v'là pour votre route.

— Non, cher monsieur Gibbie, c'est impossible... Je ne saurais accepter encore cela.

— Laissez-donc !... est-ce qu'il faut rien faire
à demi ?...

Jane sentit deux larmes lui mouiller les yeux.
Elle pensa qu'elle avait de l'or plein le coffret
et qu'elle pourrait bien prélever sur ce dépôt

ses modestes frais de voyage sans appauvrir davantage son ami Gibbie. Mais une terreur religieuse la retint. Elle ne pouvait toucher à cet or si miraculeusement sauvé.

— J'accepte, dit-elle gravement ; mais après avoir entendu l'expression de notre reconnaissance...

— C'est pas la peine !

— Si fait, c'est la peine, dit gentiment Madge.

— Écoutez-moi bien à votre tour, cher monsieur Gibbie, qui avez été pour nous la Providence. Si j'accepte votre argent, c'est à une seule condition.

— Laquelle ? dit-il brusquement en lâchant une formidable bouffée de fumée.

— A la condition d'acquitter un jour cette dette par notre travail.

— Bien ! dit-il en faisant éclater un rire sonore. Et vous m'enverrez cela en Amérique, ou au Japon, ou dans l'Inde... Est-ce que je sais, moi ? Je vais où va mon bâtiment... Mon pays est sur toutes les mers. Mais tenez, ne vous faites pas de peine : un jour, si mes courses

m'amènent *de vos côtés*, en Irlande, je vous
promets d'aller manger chez vous une fameuse
soupe et boire de votre meilleur *porter*. Ça sera
le payement.

— Monsieur Gibbie, dit alors Jane, si l'honnête homme est récompensé par l'idée qu'il a
fait du bien et qu'il laisse après lui de la reconnaissance, vous êtes en effet déjà payé au
centuple.

Un tintement de grelots attira l'attention des
jeunes filles.

— Bon! s'écria Gibbie, le voiturier est de
parole. Holà, Jobson!...

— *All right!* répondit l'individu interpellé,
mettant le nez hors de sa carriole.

— Voilà vos voyageuses, deux demoiselles
d'une brave famille d'Irlande. Des égards,
Jobson; vous entendez, mon garçon?...

— Oh! oui.

Au moment de se séparer du vieux marin,
les jeunes filles se sentirent le cœur oppressé.
Elles lui témoignèrent leur regret de le quitter.

— Chères enfants! murmura-t-il... Ça me va
là, ce que vous me dites. Mais faut pas s'atten-

drir. C'est pas l'instant. Il s'agit de filer.. Adieu.
Je vous souhaite bien des chances. Vous parlerez
quelquefois du vieux Gibbie, n'est-ce pas?

— Toujours! répondirent-elles en lui serrant
encore les mains.

Elles montèrent dans le véhicule, qui partit
au trot de son unique cheval.

Gibbie resta enfoncé dans ses réflexions.

— De braves filles, tout de même... Ah!
comme on sent qu'elles disaient vrai... C'est
doux, c'est fier, c'est honnête... Gredin de
Stripper!... En voilà un qui fera une grimace
demain matin... Je rirai bien de le voir... Mais
il faudra rire en dedans. Si l'on me soupçonnait,
le capitaine me ferait périr sous les coups de
corde, une fois en mer... Ce n'est pas que j'aie
peur de mourir, mais ce gueux de Stripper
aurait trop de joie de tenir sa vengeance!...
Cours après, mon homme, cours après... Tu
n'attraperas rien!...

Il redescendit en ville, mais il eut soin de
changer d'itinéraire, afin de dérouter les soupçons s'il venait à être rencontré. A la première
taverne qu'il aperçut, il entra, se fit servir un

verre de gin ; puis, allant s'étendre sur un des
bancs de bois qui garnissaient la salle, il s'y
abandonna à ce sommeil calme et profond que
procure la bonne conscience.

IV

C'est à Dublin que nous retrouvons les deux
sœurs, au moment où, venant de traverser le
canal Saint-Georges, elles se sentaient si heureuses de poser le pied sur le sol de la patrie.

Non que cette joie bien naturelle ne fût pas
mêlée d'amertume. C'était la patrie qu'on re-
voyait, mais une terre où il faudrait désormais
vivre en étrangères, puisque l'on n'y ramenait
aucun des êtres chéris. On était sept au départ;
au retour, on n'était plus que deux. Triste rap-
prochement entre le passé et le présent!

Et puis, combien d'amertumes nouvelles al-

laient peut-être se dévoiler ! La plus cruelle de
toutes ce serait la perte de la vénérable grand'-
mère, qu'on avait laissée seule avec la douleur
de l'absence éternelle : était-il permis d'espérer
que la pauvre Kate n'eût pas succombé au regret
et à l'ennui, en supposant même que l'affreuse
misère ne se fût pas jointe à tant de maux pour
achever de tuer la vieille femme?...

Du deuil de tout côté, des pressentiments sinistres, l'idée de leur propre faiblesse, telles
étaient les causes de l'agitation qui pouvait se
lire sur les traits des deux jeunes filles.

Cependant, comme toujours, l'aînée s'impo-
sait le devoir de montrer du courage, d'exhorter
sa sœur, de faire briller l'espoir à ses yeux.

— Nos plus grandes souffrances sont termi-
nées, disait Jane, et, quand bien même le ciel
nous aurait repris notre bonne grand'mère,
peut-être se trouvera-t-il dans le village quelques personnes compatissantes qui nous ten-
dront la main.

Madge, plus disposée à sourire aux illusions,
répondit :

— Ou mon cœur me trompe, ou je me figure

que notre chère Kate nous aura été conservée. Quel bonheur j'aurai à la revoir ! Je me souviens à peine de son visage... J'étais si petite lorsque je suis partie !

— C'est vrai... Tu étais la plus jeune, de même que j'étais l'aînée... Les autres, hélas! où sont-ils ?...

— Voyons, ne t'afflige pas, et ne songeons qu'à arriver chez nous le plus tôt possible.

Tandis que les autres passagers du steamer, la plupart de Dublin, se rendaient tranquillement à leurs affaires, Jane, qui n'était pas le moins du monde curieuse de visiter la ville, fit marché avec un voiturier pour être conduite immédiatement au village de Bray. Il était temps que le voyage se terminât, car, malgré la plus sévère économie, l'argent du brave Gibbie touchait à sa fin...

Oh! oui, le *brave* Gibbie, dont le nom avait été si souvent prononcé avec l'effusion de la tendresse et de la reconnaissance !

Durant le chemin, les deux sœurs n'eurent pas la force d'échanger une parole. Plus elles approchaient du but, plus leur cœur se serrait.

Il y eut un moment où elles regrettèrent presque leur île déserte et l'ignorance où elles y avaient vécu de tout ce qui se passait dans le monde. Ne pas savoir, c'est le bonheur négatif si l'on veut, mais c'est le calme.

A peine si Jane reconnaissait les lieux jadis familiers à ses regards ; en se peuplant d'une population nouvelle, puisque l'ancienne était partie avec Donaghoe, le village avait pris un aspect tout différent. Des maisons s'élevaient là où l'orpheline avait laissé des cultures ; une rue bien alignée avait été bâtie par une Compagnie ; un établissement de bains s'étendait en haut du rivage, et des villas élégantes avaient été construites, sans doute pour les besoins des baigneurs fashionables.

Cet état florissant, loin de réjouir Jane, produisit tout d'abord sur elle une impression pénible. Outre qu'il est naturel, après une longue absence, de ne pas trop se complaire à des changements absolus qui métamorphosent et dénaturent le caractère d'un pays, l'orpheline eût préféré rentrer dans son village pauvre et mélancolique ; en un mot, revoir les choses telles qu'elle les avait quittées. Il lui eût semblé alors qu'il ne s'était écoulé qu'un jour...

Au contraire, ces modifications profondes accusaient l'intervalle de six années et demie.

Et puis Jane se disait que, parmi cette population nourrie maintenant du luxe des riches, elle ne trouverait pas la sympathie fraternelle que lui eût témoignée le pauvre *Pat* d'autrefois.

Madge l'arracha enfin à ces pénibles idées en lui saisissant le bras avec vivacité et lui disant :

— Tu ne sais pas, ma sœur, il y a derrière nous une voiture qui nous suit, à la distance d'un demi-mille, depuis une heure au moins.

— Eh bien, dit Jane en se retournant nonchalamment, que nous importe? Est-ce que la route n'appartient pas à tout le monde?

— C'est vrai, mais je t'avouerai que j'ai toujours peur du méchant Stripper.

— Ah! par exemple!... Es-tu assez naïve?... Cet homme nous a oubliées sans doute, et peut-être est-il reparti pour son Amérique.

— J'ai peine à croire qu'il ait abandonné si facilement ses projets.

Ces paroles produisirent un certain effet sur Jane. Elle se retourna de nouveau, et vit que la voiture signalée se rapprochait de plus en plus. Tout émue, elle pressa le cocher d'activer le pas de son cheval, et elle ne respira qu'au moment où, sur ses indications, le modeste *cab* s'arrêtait devant l'ancienne chaumière de la famille Naul.

Mais au même instant l'autre voiture s'arrêta aussi, et un homme s'en élança avec une telle impétuosité, que les orphelines avaient à peine eu le temps de mettre pied à terre lorsqu'elles se trouvèrent face à face avec lui.

Elles jetèrent un cri d'effroi. Madge se réfugia contre son cocher et se mit à appeler au secours. Mais Jane, que sa vie d'épreuves et de rudes labeurs avait rendue plus forte, plus résolue, et qui, d'ailleurs, se sentait soutenue par son bon droit, croisa les bras et dit en supportant le regard féroce de Josué Stripper :

— Que voulez-vous, monsieur ? Pourquoi nous poursuivez-vous ?

— Ce que je veux ! s'écria-t-il. Une chose toute simple : c'est que vous reveniez au bercail, mes petites brebis égarées. Vous savez bien que vous m'appartenez.

— Infamie! dit Jane. Vous appartenir? A quel titre?

Déjà l'on sortait de toutes les maisons; des paysans, bouche béante, entouraient les parties et les contemplaient, en attendant qu'ils comprissent de quoi il s'agissait.

— Mes amis, dit Stripper, s'adressant à la foule avec cet aplomb qu'il ne perdait jamais, vous voyez deux jeunes filles australiennes appartenant à une tribu sauvage; un matelot, échappé de l'affreux désastre de l'*Érin* et jeté sur leurs rivages, leur apprit la langue anglaise. J'imaginai de les amener en Europe pour faire connaître le type curieux de la race océanienne. Cela m'a coûté beaucoup d'argent... Mais voilà qu'à Plymouth mes deux vagabondes se sont enfuies. Elles ont réussi à se procurer des vêtements européens, et elles ont l'audace de venir ici pour s'y donner comme étant du pays, grâce aux nombreux renseignements qu'elles ont recueillis du matelot naufragé.

Cette fable, toute grossière et invraisemblable

qu'elle eût pu paraître à des auditeurs intelli-
gents, ne laissa pas que de produire une certaine
impression sur le cercle naïf et crédule qui
venait d'être pris pour juge. Il était en effet
difficile, vu leur teint extrêmement brun, d'accepter Jane et Madge pour de vraies Irlandaises. L'effroi même leur donnait cet air sauvage qu'on prête volontiers à des insulaires de
l'Océanie. Enfin l'assurance merveilleuse de
l'accusateur disposait les paysans à ajouter foi
sa parole.

Jane n'avait cessé de parcourir d'un regard
inquiet la foule sans cesse grossie ; elle y cherchait d'anciens amis, et elle avait la douleur de
ne rencontrer que des figures inconnues. Personne pour la nommer, personne pour lui sourire, personne pour la défendre ! Elle se trouvait
aussi isolée et étrangère dans son village natal
que si le sort l'eût poussée sur les côtes du
Groënland. Elle épiait les survenants, elle inter-
rogeait le seuil de toutes les chaumières. Rien
qui appartînt au passé, rien qui pût la justifier
en déposant pour elle !

Toutefois elle ne se laissa pas tellement abattre

qu'elle ne rejetât l'accusation au front du faussaire.

— Monsieur Stripper, dit-elle...

Il l'interrompit, et, s'adressant à la foule :

— Vous le voyez, elle sait mon nom !

— Oui, je le sais, et je sais aussi que vous commettez une action abominable en essayant d'enlever leur nationalité et leur liberté à deux pauvres filles qui vous regardèrent d'abord comme un bienfaiteur...

— Oui, vous l'avez bien payé, le bienfait !

— Au nom du ciel, laissez-moi dire à tout ce monde qui nous sommes.

— Parlez! parlez! crièrent quelques personnes.

— C'est étonnant, dit une femme, elle a l'accent de notre pays.

— Mes amis, je me nomme Jane Naul, et voici ma sœur Madge. Nous sommes les filles de Robert Naul, qui travaillait dans la grande filature de M. Anderson, vous savez? un établissement qui fut malheureusement fermé après la fuite du caissier...

— Tiens, tiens, murmurèrent quelques voix, c'est exact tout de même.

— Eh! parbleu! s'écria Stripper, je vous en ai prévenus, elle tient ces détails du matelot en question.

Jane dédaignant de répliquer, continua ainsi sa défense :

— Mon pauvre père, au désespoir d'avoir perdu son travail, écouta les conseils de Donaghoe, et non-seulement mon père avec tous ses enfants, mais encore la plupart des habitants de ce village, partirent sur le vaisseau l'*Érin* pour aller s'établir en Océanie...

Ici Jane raconta la scène terrible du naufrage; elle dit comment elle et sa sœur avaient survécu à la perte du bâtiment et à la mort de tous les émigrants; elle exposa rapidement ses efforts, son existence dans l'île déserte, la manière dont elle en était sortie. Se tournant alors brusquement vers Stripper, elle l'interpella ainsi :

—. Oserez-vous soutenir plus longtemps un mensonge aussi odieux? Est-ce que tout chez moi, mon langage, mes souvenirs, mon accent ne révèle pas de la manière la plus certaine que je suis de ce pays? Je vous en nommerai tous les habitants d'autrefois; je vous décrirai tous les

environs... Et enfin, enfin, si le ciel veut que ma
grand'mère vive encore, elle dira bien, elle :
« Voilà mes enfants! »

— Votre grand'mère?... répéta un homme
d'un air de doute.

— Oui, ma bonne Kate. Voici sa demeure...
notre ancienne maison.

Une femme s'avança et dit aigrement :

— La maison est à nous.

— C'est possible... Mais, de grâce, quelqu'un
peut-il m'apprendre si la vieille Kate existe encore?...

Un petit berger s'avança et demanda :

— C'est-y pas une vieille qui file toujours?

— Elle file toujours... C'est cela! s'écria
Madge avec joie.

— Alors, dit le petit berger, possible que ça
soit celle que j'ai aperçue plusieurs fois comme
elle s'en allait prier au cimetière, conduite par
le vieux batelier...

— Par Tom Dingle! s'écria Jane en joignant
les mains.

Et elle ajouta :

— O mon Dieu! je vous remercie! Mais

dites, mon ami, où habite cette vieille femme?

— Chez un gros seigneur, chez sir Kildare.

Si Jane l'eût osé, elle se fût jetée à genoux dans la poussière du chemin pour remercier le ciel.

Stripper, qui n'avait pas prévu la grand'mère, commençait à ricaner avec moins d'assurance. Il se formait des opinions diverses dans la foule, qui avait paru d'abord assez hostile à la cause des deux jeunes filles.

Il est rare que la vérité ne finisse pas par arriver au cœur des hommes.

— Allons, dit fièrement Jane, allons au château de Kildare : j'aurai là des témoins irrécusables. Si ma grand'mère nous désavoue pour ses enfants, nous nous reconnaîtrons comme engagées envers cet homme.

Stripper reprit courage; il pensa que la vieille pourrait bien traiter Jane et Madge en aventurières; car la confiance n'est pas l'attribut ordinaire de la vieillesse.

— Parbleu! dit-il, j'accepte l'épreuve. Allons à Kildare.

Les gens qui étaient favorables à Josué Stripper l'entourèrent en applaudissant à sa faconde; ceux que Jane avait émus et presque persuadés marchèrent à côté des deux jeunes filles.

Et Stripper ne vit pas que, parmi ces derniers, plusieurs le regardaient de travers, et que, brandissant des bâtons, ils se disposaient à **lui** infliger une correction mémorable, s'il venait à être prouvé qu'il eût persécuté la faiblesse et calomnié l'innocence.

V

A l'extrémité nord de la propriété magnifique nommée Kildare-Castle, il y a, près du ver-
ger, plusieurs cottages dévolus aux jardiniers et
à leurs familles. Sur le même rang que ces
cottages, mais séparée d'eux par une pièce de
gazon que côtoient des sentiers bien sablés, est
une petite maison fort simple où un véritable
philosophe aimerait à finir ses jours.

En s'approchant de la fenêtre basse on pourrait, à travers les vitres, apercevoir une vieille
femme, la plupart du temps immobile et pa-
raissant absorbée dans une méditation mélancolique. Elle a devant elle son rouet, mais il est

rare qu'elle communique le mouvement et l'action à ce fidèle compagnon qui l'a servie depuis tant d'années, si bien que le rouet est noir comme de l'ébène. Il arrive à la vieille femme de rester des journées presque entières sans plus remuer que si elle était pétrifiée. On pourrait s'étonner aussi de ce qu'elle tient ses paupières constamment baissées, si l'on ignorait que sa vue, de plus en plus affaiblie, l'a quittée tout à fait, et que maintenant ses yeux, usés par les veilles et les larmes, craignent cette lumière du jour qu'ils ne distinguent plus, et en redoutent l'éclat sans en ressentir le bienfait.

Elle est aveugle, elle est infirme, elle est triste, la pauvre vieille, et elle n'existe plus que par la mémoire.

Les êtres chéris à jamais perdus, la vieille se les retrace l'un après l'autre ou parfois tous ensemble; elle recompose les visages, elle unit les voix aux regards, elle évoque les paroles. Son monde bien-aimé passe devant elle; et peut-être le voit-elle mieux, maintenant qu'aucun objet extérieur ne la distrait, maintenant qu'elle est aveugle.

Elle ne tient pas de longs discours, elle ne s'abandonne pas — avec la complaisance des vieillards — aux récits du passé : pour soulager sa poitrine oppressée et son cœur haletant il lui suffit de laisser errer sur ses lèvres des noms qui sont devenus pour les étrangers autant d'énigmes : — *Mary*, — *Robin*, — *Jane*, — *Mercy*, — *Nanny*, — *Madge*, — *Dan*, — *Billy*.

C'est le calendrier de sa tendresse. Ces noms lui font du bien à prononcer ; mais elle ne les prononce pas tous ensemble : elle établit entre eux de longs intervalles, consacrés sans doute par elle à recomposer l'être chéri qu'elle a nommé.

Chacun d'eux a comme une légende que la vieille femme ne se lasse point de se redire.

Quelquefois aussi elle parle à son rouet comme à un ancien ami qui a reçu toutes ses confidences et traversé les mêmes peines. « Il faut nous reposer à présent, ô mon rouet ! le temps n'est plus où nous avions besoin de filer le lin et de préparer les vêtements de la famille. Il faut nous reposer, ô mon rouet ! La famille dort son sommeil éternel ; ces pauvres petits ont eu faim et soif depuis que Mary les a quittés pour aller se reposer dans le sein de Dieu. Ils n'auront plus ni faim ni soif, car Dieu a voulu les réunir à leur mère. Nous pouvons nous reposer à jamais, ô mon vieux rouet! je ne veux pas penser à ce qu'ils étaient, mes six enfants roses et blancs, les quatre filles, les deux garçons. Comme notre chaumière était brillante de tout ce printemps qui s'y épanouissait! la jolie volière, avec tant de gazouillements!... C'est fini : Jane l'avait bien prévu, Jane, ma vraie second fille. »

Toutes les fois que la vieille prononçait le nom de Jane, elle l'accompagnait d'un sanglot. La mort de tous les autres enfants était pour l'aïeule une cause de douleur éternelle, mais grave et résignée, tandis que la mort de Jane lui avait mis au cœur un désespoir sombre, et qui ne voulait pas être consolé.

En ces moments-là, Kate remerciait Dieu de l'avoir rendue aveugle : car elle eût haï de voir des visages humains, à présent qu'elle ne pouvait plus voir le doux visage de sa Jane.

Un léger coup fut frappé à la porte de la mai-

sonnette. La vieille, avec ce tact particulier aux
aveugles, reconnut la main, à la manière de
heurter le marteau, et elle dit avec empressement :

— Entrez, milady.

Une jeune femme, aux traits gracieux et
expressifs, à la taille élégante et au maintien
parfaitement aristocratique, franchit le seuil,
vint presser les mains ridées de la vieille et lui
demanda :

— Je ne vous dérange pas, ma chère Kate?

— Ah! milady, n'êtes-vous pas chez vous?
Cette maison vous appartient; vous avez voulu
m'y donner un asile, et j'y suis trop bien, oh!
oui, trop bien, quand je pense aux privations
qu'*ils* ont souffertes. Vous ne me laissez manquer de rien, et je suis devenue paresseuse, moi
qui avais toujours travaillé. Tenez, la moitié du
temps mon rouet reste inactif. Pourquoi travail-
lerais-je après tout?

— Ma chère Kate, dit vivement la jeune
femme, prenez-y garde, vous allez retomber
dans vos idées tristes. Vous m'aviez promis cependant de tâcher de les écarter.

— Ah! milady, elles sont ma vie; elles me font mal, et je m'en nourris; elles me consolent autant qu'elles m'affligent. A quoi serais-je bonne ici-bas, si je ne pensais à ceux qui ne sont plus? Il faut bien qu'il y ait quelqu'un qui se souvienne, qui porte le deuil et qui prie. J'ai beaucoup pleuré, c'est vrai, et ma vue s'est usée dans mes larmes. Mais je ne suis pas fâchée d'être devenue aveugle, je souffre moins, depuis que je n'ai plus à voir ceux qui vont et viennent. Les enfants surtout me faisaient mal. Ah! pardon, milady, les vôtres sont si bons, si caressants!... Ils me consoleraient si c'était possible. En tout cas, je me trouve bien moins à plaindre depuis que votre charité m'a recueillie ici... Le village m'était odieux avec ses nouveaux habitants qui ne savent rien des choses du passé. Seule j'y étais restée, et je n'étais pour ces gens-là qu'une étrangère... Soyez donc bénie, milady, vous qui vous êtes souvenue de la vieille aïeule sans famille!...

— C'était si naturel, si simple... Vous ne me devez pas tant de reconnaissance. Combien moi aussi je serais plus heureuse si vous étiez tous

là, tous réunis, si ceux qui vous aimaient tant
étaient encore suspendus à votre cou ! Croyez,
chère Kate, que je recommanderai toujours à
mes enfants de vous respecter, de vous donner
leurs caresses amicales...

La vieille secoua la tête. Toute tendresse qui
ne venait pas des *siens* lui était presque importune.

Pour la distraire, Lucy Kildare, maintenant
lady Egerton, lui adressa cette question :

— Votre ami Tom Dingle est-il venu ce matin
vous voir ?

— Non. Le pauvre cher homme se fait vieux,
et il commence à traîner péniblement la jambe.

Cette façon d'envisager l'état de Tom Dingle,
qui avait bien dix ans de moins que dame Kate,
fit sourire lady Egerton.

— C'est vrai, dit-elle ; notre batelier a besoin
de repos ; la rame est devenue lourde pour sa
main ; mais soyez tranquille, bientôt peut-être
l'ancien soldat de mon père aura une retraite
qui vaudra bien les douceurs de Greenwich.

La vieille parut indifférente à cette bonne
nouvelle : rien ne pouvait plus l'intéresser.

— Encore un mot, reprit Lucy; mes enfants vous ont-ils fait leur petite visite matinale?

— Oui, milady, oui, répondit Kate en soupirant; ce sont de bien bonnes créatures que votre Arthur et votre Élisa.

Elle s'arrêta, mais on eût pu l'entendre murmurer à demi-voix : « *Jane*, — *Mercy*, — *Nanny*, — *Madge*, — *Dan* et *Billy*. » C'étaient ses trésors perdus qu'elle énumérait.

Lady Egerton attacha sur elle un regard empreint de la compassion la plus affectueuse; et, ne voulant pas fatiguer cette pauvre femme, elle se retira pour aller rejoindre ses enfants, qui l'attendaient à l'entrée du parc, et faire avec eux la promenade habituelle en calèche découverte.

Un quart d'heure à peine s'était écoulé, quand les gens du village de Bray se présentèrent du côté des bâtiments de la métairie et demandèrent à être introduits auprès de dame Catherine. Les jardiniers, assez étonnés de voir cette affluence, étaient prêts à faire une certaine opposition, d'autant plus qu'ils avaient reçu de sir Kildare et de lady Egerton les ordres les plus

formels pour épargner toute émotion à la vieille
aveugle. Mais Jane s'avança vers eux et les
pressa d'un ton si doux et si suppliant de permettre qu'on parlât à Catherine, que ces hommes sentirent fléchir en eux la rigueur de la
consigne.

Jane était partagée entre le besoin de se justifier, de reconquérir son nom, son honneur, —
et la crainte de tuer sa grand'mère par une
surprise trop forte. Elle arrêta un instant le
mouvement général pour demander :

— Tom Dingle est-il ici par hasard?

Elle avait pensé que Tom Dingle pourrait
préparer la vieille femme à la trop bonne nouvelle.

Un des jardiniers se tourna vers l'allée par laquelle Tom Dingle avait l'habitude de venir chaque matin en traînant sa jambe.

— Tenez, dit-il, le voilà.

Stripper frémit au cri de joie qu'avait poussé
Jane.

Celle-ci courut comme une folle vers le vieillard, en agitant les bras.

—Monsieur Dingle! cher monsieur Dingle! ..

reconnaissez-moi ! C'est votre petite amie d'autrefois, c'est Jane Naul !...

A ce nom, le vieux batelier recula avec une sorte d'effroi ; mais, étendant le bras pour repousser la jeune fille :

— Vous êtes bien hardie de prendre ce nom sacré ! dit-il sévèrement. Depuis plus de six ans — et ç'a été lourd sur ma tête — notre pauvre ange de Jane n'existe plus.

Un brouhaha retentit dans la foule. Stripper devint rayonnant.

S'attachant avec désespoir au vieillard, Jane dit encore :

— Regardez-moi donc mieux !... Ne me repoussez pas ainsi... Vous en auriez regret... Je suis votre Jane !... J'ai été sauvée par miracle... avec ma sœur Madge que voici.

— En effet, vous lui ressemblez un peu, dit Tom Dingle ; mais, ajouta-t-il en secouant la tête, les morts ne reviennent pas.

— Ce sera donc grand'mère qui nous reconnaîtra ! dit vivement Madge. Où est notre Kate?

— Là, dit le jardinier, indiquant du doigt la maisonnette.

Madge, sans écouter sa sœur, qui s'efforçait de la retenir, courut vers la porte, entra résolûment et dit avec tendresse :

— Chère Kate, est-ce bien vous?... Apprêtez vos forces... Je suis votre Madge!... votre petite Madge!

Kate, au lieu de tomber à la renverse, comme on eût pu s'y attendre, se dressa indignée, saisit sa quenouille et dit en la brandissant :

— Toi, Madge!... Arrière, sacrilége! arrière, menteuse! Il n'y a plus de Madge!... Les flots m'ont tout pris, les flots ne rendront rien !... Va-t'en, de peur que je ne te maudisse!...

— Vous voyez! dit triomphalement Stripper.

Mais Jane était entrée à son tour; Jane s'était approchée de la vieille : elle lui toucha légèrement le bras, et elle dit avec un accent céleste :

— Oh! grand'mère, ne maudissez pas vos derniers enfants !...

— Jane!... Jane!... Jane!... s'écria la vieille femme. Ah! c'est Jane!... elle est ressuscitée !... ma Jane!... mon amour! toi! toi!... Jane! Jane! Jane!...

Elle tremblait, elle sanglotait... elle fût tombée à la renverse si la jeune fille ne l'avait soutenue...

Mais se redressant, elle parcourut de ses mains avides le visage de son enfant comme pour mieux la reconnaître; et elle poussait des cris inarticulés, et elle pressait Jane contre son cœur, ne pouvant se lasser de répéter le nom chéri.

— Et Madge! dit-elle, ma pauvre Madge que j'avais méconnue... Cette chère petite... Où es-tu, Madge?... J'en ai deux encore! Le bon Dieu avait veillé sur elles... Vous qui les voyez, n'est-ce pas qu'elles sont bien jolies, bien mignonnes, mes deux filles?... Ah! mon Dieu, pardonnez-moi d'avoir murmuré contre votre Providence.

— Chère grand'mère!... disait Jane.

— Chère grand'mère!... disait Madge.

Elles ne pouvaient trouver d'autre parole. Ce titre sacré exprimait tout.

Chacun pleurait : la vieille et ses deux enfants se tenaient étroitement embrassées. C'étaient des soupirs, des baisers, des transports, des cris de

joie, des cris de douleur ; c'était ce que trois
cœurs si longtemps déchirés peuvent échanger
d'effusion et d'amour pieux.

Quand quelques-uns des témoins se retour-
nèrent pour chercher Josué Stripper et lui
aire expier sa scélératesse, ils ne le trouvèrent
plus.

Le spéculateur avait jugé à propos de prendre le large, et sa voiture courait au grand trot
sur la route de Dublin.

Tandis que les gens du château allaient en
toute hâte avertir lady Egerton, le vieux Tom
Dingle arrivait au cottage.

Il demeura ébahi devant le spectacle qui s'offrait à lui.

— Venez, mon voisin, dit Kate, l'ayant entendu proférer une exclamation. Vous êtes
heureux d'avoir des yeux pour voir mes pe-
tites-filles.

— Est-il possible !... murmura Tom. C'est
vrai tout de même ; moi qui ne voulais pas reconnaître Jane !...

— Ah ! voisin !... dit la vieille d'un air fâché.

Mais elle ajouta en retrouvant un sourire :

— Dame, vous n'êtes pas une mère... et une mère, même aveugle, reconnaît ses enfants avec son cœur!

VI

ÉPILOGUE

Que de bonheur après tant de peines !

Lady Egerton n'a pas voulu que Jane la quittât : elle lui a confié la direction de ses charmants enfants. Jane ne s'était-elle pas montrée une mère dévouée ?

Ainsi Jane, conciliant ses affections avec sa fierté, a pu vivre auprès de la pauvre aveugle, dont elle a embelli les dernières années.

Nulle curiosité n'était comparable à celle de Kate. La bonne aïeule ne se lassait pas d'interroger la mémoire de Jane et de se faire transpor-

19

ter par le récit dans l'île déserte où il s'était accompli tant de merveilles d'industrie, de patience et de courage. Elle se faisait redire les excursions, les tentatives multipliées, les inventions de cuisine, la construction de la maison, la plantation du jardin... Et quand revenait l'épisode terrible des sauvages et de l'éruption du volcan, elle se mettait à trembler comme si la chambre eût été pleine d'anthropophages et le plafond près de crouler sous le choc d'un torrent de lave. Madge ne pouvait s'empêcher de sourire malicieusement et de dire :

— Rassurez-vous, grand'mère ; les méchants sauvages ne sont jamais revenus ; et s'ils revenaient maintenant nous nous moquerions bien d'eux.

Et Kate pressait ses filles contre elle, comme pour s'assurer de leur présence.

Les jours suivants, elle redemandait à entendre l'histoire des six années d'exil, bien que Madge lui dît :

— Mais, grand'mère, ne faudrait-il point passer la scène des sauvages ?

A quoi elle répondait :

— Je veux les sauvages aussi... Je veux tout !

Voilà comme la vie était arrangée dans le joli petit cottage de Lilmore.

De longues recherches faites de tout côté pour retrouver les parents de Donaghoë étant demeurées infructueuses, l'or du coffret a été légitimement acquis à Jane, qui en a constitué la dot de Madge.

Madge a épousé le principal jardinier de sir Kildare.

Quant à Jane, elle a assez d'affections pour n'avoir pas besoin d'en demander de nouvelles au mariage. Ses joies et ses plaisirs sont dans le dévouement.

Le vieux Tom Dingle s'est éteint en bénissant cette amie, qui l'a soigné admirablement dans ses dernières souffrances.

Un jour, comme on allait se mettre à table, après avoir prié en commun pour les âmes des bons êtres toujours regrettés, la voix enrouée d'un brave homme se fit entendre à la porte. Jane et Madge s'élancèrent pour serrer la main du visiteur.

— C'est Gibbie ! s'écrièrent-elles ; c'est notre sauveur !...

— Oui, c'est moi, mille sabords ! dit le matelot. Je ne voulais pas mourir sans avoir tenu ma promesse de venir manger votre soupe et boire de votre meilleur *porter*. Je suis en rade à Dublin, à bord du *Cincinnati*, avec un digne capitaine qui m'a donné un congé en votre honneur. Et me voilà !

Dieu sait comme on fit fête au vieux loup de mer. Chacun l'embrassa ; les enfants de Madge et jusqu'à ceux de lady Egerton se disputaient la faveur de grimper sur ses genoux et de lui tirer ses favoris. Il fut obligé de se fâcher pour qu'on ne l'accablât pas de cadeaux ; et, quand il partit, une larme à l'œil, il dit à Jane :

— Nous sommes loin de l'île déserte. Ma chère fille, vous avez eu fièrement de peine à retourner le sillon ; mais, il faut en convenir, la moisson est belle !

FIN.

LIBRAIRIE LOUIS JANET

MAGNIN, BLANCHARD ET Cⁱᵉ

rue Honoré-Chevalier, 3, à Paris

Les livres de cette maison se trouvent dans les principales librairies de la France et de l'Étranger.

OUVRAGES DE MADAME EUGÉNIE FOA

Format grand in-18, à 3 fr. le vol. broché

LES PETITS PEINTRES. Nouvelle édition, ornée de 6 belles vignettes par Louis LASSALLE. . . . . 1 vol.

LE PETIT ROBINSON DE PARIS, ou le Triomphe de l'industrie. Troisième édition, ornée de 6 vignettes imprimées à deux teintes. . . . . 1 vol.

CONTES HISTORIQUES. Nouvelle édition, ornée de 6 gravures sur acier. 1 vol.

SIX HISTOIRES DE JEUNES FILLES. Nouvelle édition, ornée de 6 gravures sur acier. . . . . 1 vol.

CONTES A MA SŒUR LÉONIE. Heures de Récréations. Nouvelle édition, ornée de 6 vignettes par Louis LASSALLE. . . . . 1 vol.

LES PETITS MUSICIENS. Nouvelle édition, ornée de 6 lithographies par Louis LASSALLE. . . . . 1 vol.

LES PETITS MARINS, scènes maritimes et historiques, ornés de six sujets par Louis LASSALLE. . . . . 1 vol.

LES CONTES DE MA BONNE, ornés de 6 vignettes par Louis LASSALLE. . 1 vol.

OUVRAGES DU MÊME FORMAT ET DU MÊME PRIX

DE DIVERS AUTEURS

GRAVE ET GAI, ROSE ET GRIS, par mesdames Sw. BELLOC et A. MONTGOL FIER. Troisième édition, ornée de 8 lithographies par Louis LASSALLE. . . . 1 vol.

HISTOIRE DE NAPOLÉON Iᵉʳ, écrite pour la jeunesse, par CHARLES RICHOMME; ornée de 8 gravures sur acier. . . . . 1 vol.

LE CONSEILLER DE LA JEUNESSE, ou Entretiens familiers, par M. N. M. LESENNE, orné de 4 lithographies par HADAMARD. . . . . 1 vol.

LE COMPAGNON DU FOYER, par madame SURVILLE, née DE BALZAC, orné de 4 lithographies par HADAMARD. . . . . 1 vol.

LES PERLES DE LA LITTÉRATURE FRANÇAISE, par Mᵐᵉ FRÉDÉRICA BERNCASTEL. . . . . 1 vol.

OEUVRES DE J. N. BOUILLY

DESTINÉES A LA JEUNESSE

Nouvelle édition grand in-18 jésus (format anglais)

CONTES A MA FILLE. 1 vol.
CONSEILS A MA FILLE. 1 vol.
LES ENCOURAGEMENTS DE LA JEUNESSE. 1 vol.
CONTES OFFERTS AUX ENFANTS DE FRANCE et LES JEUNES ÉLÈVES (réunis). 1 volume.

CONTES POPULAIRES. 1 vol.
CAUSERIES et NOUVELLES CAUSERIES (réunies). 1 vol.
CONTES A MES PETITES AMIES. 1 vol.
LES JEUNES FEMMES. 1 vol. grand in-18 jésus (format dit anglais), orné du portrait de l'auteur.

LE NOUVEAU MAGASIN DES ENFANTS

COLLECTION HETZEL. — PETIT IN-8 ANGLAIS

PRIX DE CHAQUE VOLUME. { Broché. . . . . 2 fr. »
Reliure toile, plaque spéciale. . . . . 3 fr. 50

Le Livre des petits Enfants. Alphabets, exercices, fables, maximes et histoires, par P. J. STAHL, E. DE LA BÉDOLLIÈRE, BALZAC, vignettes par GÉRARD SÉGUIN, MEISSONNIER, etc., édition 1853. . . . . 1 vol.

Les Aventures de Tom-Pouce, par P. J. STAHL, 150 vignettes par BERTALL. 1 vol.

Histoire de la Mère Michel et de son Chat, par E. DE LA BÉDOLLIÈRE, 100 vignettes par LORENTZ, édition 1853. . . . . 1 vol.

Vie de Polichinelle, et ses nombreuses aventures, par OCTAVE FEUILLET, 100 vignettes par BERTALL, édition 1853. . . . . 1 vol.

Aventures du Prince Chènevis et de sa jeune Sœur, par LÉON GOZLAN, 100 vignettes par BERTALL, édition 1853. . . . . 1 vol.

Monsieur le Vent et Madame la Pluie, par PAUL DE MUSSET, 120 vignettes par GÉRARD SÉGUIN. . . . . 1 vol.

Le Prince Coqueluche, son Histoire intéressante et celle de son compagnon Mustafa, par E. OURLIAC, vignettes par EUGÈNE LACOSTE. 1856. . . . . . 1 vol.

Les Fées de la Mer, par ALPHONSE KARR, vignettes par LORENTZ. . . . 1 vol.

La Bouillie de la Comtesse Berthe, par ALEXANDRE DUMAS, 150 vignettes par BERTALL. 1854. . . . . 1 vol.

Le Royaume des Roses, par ARSÈNE HOUSSAYE, vig. par GÉRARD SÉGUIN. 1 vol.

Trésor des Fèves et Fleur des Pois, suivi du Génie Bonhomme et de l'Histoire du Chien de Brisquet, par CHARLES NODIER, 100 vignettes par TONY JOHANNOT. Nouvelle édition, 1853. . . . . 1 vol.

Le Vicaire de Wakefield. Traduction de CHARLES NODIER, illustrée par JACQUES. 1853. . . . . 2 vol.

Les Contes de Perrault, illustrés par GRANDVILLE et GÉRARD SÉGUIN, édition complète. . . . . 1 vol.

La Mythologie de la Jeunesse, par L. BAUDE, vig. par GÉRARD SÉGUIN. 1 vol.

Histoire d'un Pion, et Dialogues d'un père à ses enfants, par ALPHONSE KARR, vignettes par GÉRARD SÉGUIN. . . . . 1 vol.

Grandeur et Décadence d'une Serinette, par CHAMPFLEURY. . . . . 1 vol.

Le Vicaire de Wakefield. Traduction de CH. NODIER, relié en 1 seul volume, toile, tranche dorée, plaque spéciale. . . . . 6 fr.

POÉSIES POUR L'ENFANCE ET LA JEUNESSE

Format grand in-18 à 3 fr. 50 c. le vol. broché.

LES OISEAUX DE PASSAGE, poésies, par Mme Anaïs Ségalas. Troisième édition . . . . **1 vol.**

ENFANTINES, poésies à ma fille, par Mme Anaïs Ségalas. Cinquième édition, ornée d'une gravure anglaise. . . . . **1 vol.**

LA FEMME, poésies, par Mme Anaïs Ségalas. Troisième édition, ornée d'une gravure sur acier . . . . **1 vol.**

L'AGE D'OR, poésies de l'Enfance, par Mlle Élise Moreau, orné de 4 belles vignettes par G. Staal, imprimées à deux teintes . . . . **1 vol.**

LES CHANTS DE LA JEUNESSE, recueil de poésies, par Alfred des Essarts, orné d'une gravure sur acier. . . . . **1 vol.**

LES ANGES, poésies chrétiennes, par M. l'abbé Augustin Rainguet, ornés de 6 vignettes sur acier . . . . **1 vol.**

FLEURS DU BIEN, poésies, par Léon Magnier. . . . . **1 vol.**

LES CHANSONS LOINTAINES, Poëmes et Poésies, par Guste Olivier. 1 beau vol. in-8 illustré de gravures sur acier et accompagné de musique. Prix, broché. . . . . **6 fr.**

COLLECTION IN-18 JÉSUS, FIGURES COLORIÉES

Broché, 4 fr. — Toile, doré sur tranche, 6 fr.

LES PETITS OISEAUX ARTISTES, ou la Volière du garde-chasse, par Mme Louise Leneveux, ornés de 12 lithographies à deux teintes, d'après les dessins de A. Varin, rehaussées en couleur . . . . **1 vol.**

LES PETITS HABITANTS DES FLEURS, par Mme Louise Leneveux, ornés de 12 lithographies à deux teintes d'après les dessins de A. Varin, rehaussées en couleur. . . . . **1 vol.**

LES FLEURS PARLANTES, par Mme Louise Leneveux, deuxième édition, ornées de douze vignettes par Louis Lassalle, richement coloriées. . . . **1 vol.**

LES MERVEILLES DE LA MER, par Mme Louise Leneveux, illustrées de 12 vignettes par Louis Lassalle, imprimées à deux teintes et rehaussées en couleur. . . . . **1 vol.**

LES ANIMAUX PARLANTS, par Mme Louise Leneveux, illustrés de 12 vignettes par Louis Lassalle, coloriées avec soin. . . . . **1 vol.**

LES ÉTOILES ANIMÉES, par A. Villeneuve, ill. de 12 vignettes imprimées à deux teintes et coloriées avec soin, d'après les dessins de G. Staal. **1 vol.**

COLLECTION IN-16

CHAQUE VOLUME EST ILLUSTRÉ DE LITHOGRAPHIES OU DE GRAVURES SUR ACIER

Prix, 2 francs 50 cent. le volume broché.

LES PETITS MARINS, scènes maritimes et historiques, par Mme EUGÉNIE FOA. 1 vol.

LES CONTES DE MA BONNE, par Mme EUGÉNIE FOA. . . . . 1 vol.

MÉMOIRES DE CROQUEMITAINE, recueillis par Mme EUGÉNIE FOA. . . . . 1 vol.

LE VIEUX PARIS, contes historiques, par Mme EUGÉNIE FOA. . . . . 1 vol.

LES BONS PETITS GARÇONS, recueil de contes et histoires pour la jeunesse, par LÉON GUÉRIN. . . . . 1 vol.

LES BONNES PETITES FILLES, recueil d'histoires à la portée de la jeunesse, par Mme A. DE SAVIGNAC. . . . . 1 vol.

COLLECTION DU MÊME FORMAT

à 1 fr. 50 le vol. broché.

CROMWELL ET LES QUATRE STUARTS, histoire écrite pour la jeunesse, par CHARLES RICHOMME . . . . 1 vol.

FRANÇOIS Ier ET LE SEIZIÈME SIÈCLE, par CHARLES RICHOMME. . . . . 1 vol.

HISTOIRE DE LA RÉVOLUTION FRANÇAISE DE 1789, écrite pour la jeunesse, par CHARLES RICHOMME. . . . . 1 vol.

HISTOIRE DES FRANÇAIS, par Mme LÉONIDE DE MIRBEL (LÉON GUÉRIN), depuis l'origine de la monarchie française jusqu'à Louis XVI. . . . . 2 vol.

HISTOIRE ABRÉGÉE DE L'ANCIEN TESTAMENT, mise à la portée de l'enfance. . 1 vol.

HISTOIRE ABRÉGÉE DU NOUVEAU TESTAMENT, mise à la portée de l'enfance. 1 vol.

ÉLIAS, petit voyage en Orient, par M. B. POUJOULAT. . . . . 1 vol.

LES ENFANTS DU PEUPLE, ou les Fils de leurs œuvres, par LÉON GUÉRIN. . . 1 vol.

LES JEUNES NAVIGATEURS, voyage autour du monde, par LÉON GUÉRIN. . . 1 vol.

LA RELIQUE DE SAINT JACQUES de Compostelle, légende du monastère de Longpont, par Mme ALIDA DE SAVIGNAC. . . . . 1 vol.

L'ÉCOLE DU VILLAGE, par Mme C. COLBRANT-MICHENEAU. . . . . 1 vol.

PETITES HISTOIRES POUR LA JEUNESSE, racontées par le bibliophile JACOB. . 1 vol.

CONTES QUI N'EN SONT PAS, Fleur de Lin, Noyau de Cerise, et Diamant, par Mme FANNY RICHOMME . . . . 1 vol.

LE PLAISIR ET LE TEMPS, ou Huit Jours de Vacances, par Mme FANNY RICHOMME. 1 vol.

LE GAMIN DE PARIS, ou l'Enfant de Geneviève, par Mme FANNY RICHOMME. . 1 vol.

LES AVENTURES DU JEUNE PRETTY, par M. BRÈS. . . . . 1 vol.

LES QUADRUPÈDES et les Insectes mis en regard, ou Zoologie comparée, par JOSEPH MARTY. . . . . 1 vol.

LES ARTS ET MÉTIERS, ouvrage dédié à la jeunesse. . . . . 1 vol.

VIE ET AVENTURES DE ROBINSON CRUSOE. . . . . 2 vol.

PARIS. — IMP. SIMON RAÇON ET COMP., RUE D'ERFURTH, 1.

www.ingramcontent.com/pod-product-compliance
Lightning Source LLC
Chambersburg PA
CBHW070331030726
47505CB00004B/1164